COLLECTION FOLIO

Christophe Boltanski

King Kasaï

Gallimard

Christophe Boltanski est l'auteur de trois romans traduits dans une dizaine de langues dont *La cache*, prix Femina 2015. Journaliste à *Libération*, puis à *L'Obs*, et enfin rédacteur en chef de la revue *XXI*, il a remporté en 2010 le prix Bayeux-Calvados des correspondants de guerre. On lui doit plusieurs essais et récits dont notamment *Minerais de Sang* (Grasset, 2012) et *King Kasaï* (Stock, 2023).

Allons, camarades, il vaut mieux décider dès maintenant de changer de bord. La grande nuit dans laquelle nous fûmes plongés, il nous faut la secouer et en sortir. Le jour nouveau qui déjà se lève doit nous trouver fermes […].

Frantz Fanon,
Les Damnés de la terre

Je m'efforce de voyager léger. Lors de ses équipées africaines, Henry Morton Stanley emportait, dit-on, une baignoire, des tapis persans et du champagne. Je me contente d'acheter une bouteille d'eau dans une taverne juste avant qu'elle ne ferme ses portes. En sortant de l'établissement, une odeur de sous-bois et d'ozone me saisit. Je devine, au bout de la place du marché, dans l'obscurité, la masse sombre des arbres qui entourent la ville. Des nuages épais voilent le ciel. Les rues sont déjà vides. Alina Gurdiel, mon éditrice, a insisté pour me tenir compagnie jusqu'à mon départ. Avant de regagner son hôtel, elle s'est tournée vers moi, l'air inquiet. « Allez, courage. Tout va bien se passer », m'a-t-elle déclaré, comme si j'entreprenais une expédition dans un pays lointain. Je n'ai pourtant qu'un ou deux kilomètres à faire. À peine une demi-heure de marche. Je tarde à partir, malgré l'heure tardive et l'orage qui menace. Quelque chose me retient. Est-ce la perspective de parcourir une forêt en pleine nuit ou d'être enfermé, seul, jusqu'à l'aube, dans un château hanté ?

Je me dirige vers une énormité. Un empire comprimé dans une boîte, une encyclopédie en trois dimensions, une arche qui contient tout. Faune, flore, hommes et dieux. Toute la mémoire d'un monde rassemblée dans un même écrin. Je m'apprête à passer la nuit à l'intérieur d'un bâtiment monumental et aux prétentions exorbitantes. Appelé à l'origine « musée du Congo belge », puis « musée royal d'Afrique centrale », il a été rebaptisé depuis peu « Africa Museum » en anglais (ou en latin) ; ça fait tout de suite plus classe.

Je me trouve à Tervuren, un faubourg de Bruxelles à la tranquillité provinciale, entouré d'étangs et de bosquets. Desservi par un tram hors d'âge ou qui en cultive les apparences à des fins touristiques, l'ancien village aux façades chaulées de blanc et fleuries de géraniums vit au rythme de son parc royal. Il fait même partie du circuit, il en est un prolongement, pareil aux granges, aux colombiers et aux garennes qui composent les dépendances seigneuriales. Dans ce long chemin de croix, il abrite sa première station.

Sa petite église de style gothique, coiffée d'un campanile en ardoise, vient de sonner 23 heures. Saint-Jean-l'Évangéliste – ou plutôt Sint-Jan-Evangelistkerk, parce que nous sommes en terre flamande – brille dans un halo orangé. Les projecteurs dessinent sur le mur, côté nord, à l'embase de l'édifice, des ombres dentelées, pareilles à des créneaux. Attiré par la lumière, je traverse le parvis désert aux pavés bossués, escalade quelques gradins et pénètre dans l'enclos paroissial. En m'approchant du portail latéral, je distingue, tapies dans un coin, sous les vitraux opaques, des silhouettes parallélépipédiques. Sept dalles grises parfaitement identiques sont alignées le long de la nef.

Je connais déjà leur histoire et j'hésite à aller plus loin. Je me dis que ma nuit, c'est ici que je devrais la passer, non pas *in situ* mais hors les murs, selon un concept muséal à la mode, pris cette fois dans son sens littéral, à ciel ouvert, assis dans le vent, sur le gravier humide. Je pourrais me recueillir sur ces tombes, regarder les étoiles et, dans un silence ecclésial, réfléchir aux fins dernières et au jugement qui s'ensuit. Pourquoi m'enfermer dans une salle obscure alors que la visite qui m'est proposée commence dans cette nécropole oubliée, envahie par les herbes folles et les roses trémières ?

Sambo, Zao, Ekia, Pemba, Kitoukwa, Mibange, Mpeia. Sur chaque stèle, on a gravé un nom ramené à quelques lettres, difficiles à déchiffrer dans la pénombre. Un patronyme sans doute incomplet et mal orthographié, peut-être même erroné. Suit une date, toujours la même, qui laisse présager un destin commun. Ni le jour ni le mois ne sont précisés. Seulement l'année : 1897. Un millésime en guise d'acte de décès. Une plaque récente, frappée du logo du musée, indique qu'il s'agit de trois femmes et quatre hommes. Ils n'ont pas grand-chose à faire dans ce jardin de curé. Ils devraient reposer dans un cimetière, un vrai, ou alors plus loin, dans le parc de Tervuren, là où ils ont passé leurs derniers mois. Voire dans une crypte à l'intérieur du palais, à proximité des masques et des totems. Pourquoi pas ? Eux aussi ont été donnés en spectacle.

Durant un été, on les a exposés. À tout. À la curiosité des foules, au voyeurisme, aux quolibets, aux sarcasmes, aux intempéries, à la maladie, et enfin à la mort. Ils font bien partie du musée. Ils racontent son histoire ou plutôt sa préhistoire. Leurs tombeaux en constituent, pour ainsi dire, la première pierre. L'acte inaugural.

De ces gens, on ne connaît que des bribes. Aucun détail sur leur vie, leur âge, le métier qu'ils exerçaient. On sait, en revanche, d'où ils viennent : de l'unique colonie au monde devenue la propriété d'un seul homme. Ils n'étaient pas des citoyens, ni même des sujets, mais des objets vivants. Léopold II disposait de leur personne, comme du reste.

Quand on possède un bien précieux, on aime le montrer. On en fait étalage pour provoquer l'admiration ou susciter la jalousie. Par exemple, un Rothko ou un Picasso, on évite de le mettre au coffre, on préfère l'accrocher dans son salon ou au siège de son entreprise. Une Porsche Cayenne, on la gare en double file, si possible devant un restaurant huppé. Et quand on possède des millions d'êtres humains, que fait-on ? Un peuple tout entier, c'est gros, ça prend de la place. On prélève alors en son sein quelques spécimens, on les mesure, on les pèse, on les enferme dans des cages et on invite le public à venir les contempler.

Il y a des montreurs d'ours ou de singes savants. Le deuxième roi des Belges est un montreur d'hommes. Chez lui, tout prête à l'excès, tout confine à la caricature : sa barbe en forme de balai-brosse, sa taille de géant avec son mètre quatre-vingt-quinze, son crâne de dolichocéphale, son nez protubérant – « qui défigure son visage », répète la reine mère d'un ton chagrin –, son coup de fourchette – il est capable d'avaler deux pintades au cours d'un même repas –, et, fruit de sa faim dévorante, de ses ambitions démesurées, son empire.

Dès son plus jeune âge, il aspire à de grands espaces. Il étouffe dans son royaume de poche et cherche les moyens de s'affranchir d'une Constitution qui le condamne à inaugurer des chrysanthèmes. Il souhaite acquérir des territoires non pas au nom de la Belgique, celle-ci n'en veut pas, mais à titre personnel. Il rêve de richesses et plus encore d'un pouvoir qu'il n'a pas chez lui. Alors, il commence à fureter, il interroge ses correspondants. Les Philippines sont-elles à vendre ? Et si on envahissait la Chine ? Il essaie d'acheter les îles Fidji, puis un bout du delta du Nil. Il convoite les mines d'or de Java et le magot de l'empereur du Japon que l'on dit « immense et mal gardé ».

Il n'a pas l'âme d'un explorateur, mais d'un flibustier. Il annexerait n'importe quoi, une planète s'il le pouvait. Comme le Dictateur de Chaplin, il joue avec un globe terrestre. Une mappemonde aussi légère qu'une bulle de savon.

Seulement voilà, il arrive trop tard. L'essentiel a été pris par les autres nations européennes. Sur la carte de ses géographes ne subsiste qu'une grande tache blanche, une béance à l'intérieur d'un continent encore mystérieux. Il s'y engouffre. « Je ne veux pas laisser échapper une bonne occasion de nous procurer une part de ce magnifique gâteau africain », écrit-il alors. Pour parvenir à ses fins, il n'affiche que les buts les plus nobles, les sentiments altruistes les plus purs. Il dit agir dans l'intérêt supérieur de la science, il parle de paix éternelle, il invoque le fardeau de l'homme blanc et sa mission civilisatrice, il prétend lutter contre l'esclavage, encore pratiqué sur la côte orientale par des marchands arabes, et ne jure que par la liberté du commerce. À force de ruse et de dissimulation, il finit par recevoir sa part du gâteau. En 1885, lors d'une conférence à Berlin, les puissances européennes procèdent au partage de l'Afrique. Ou du moins de ce qu'il en reste.

À l'issue de ce banquet des dieux, Léopold II obtient à titre personnel un fleuve entouré de chlorophylle, un bassin grand comme quatre-vingts fois son plat pays. Une immense réserve d'ivoire et de caoutchouc.

Douze ans après, il continue de passer pour un philanthrope. Les atrocités commises par ses milices, sous le couvert de la grande forêt, n'ont pas encore été dénoncées publiquement. Lui-même regarde tout cela de haut. En bon capitaliste, il gère ses affaires à distance, à travers des conseils d'administration et des rapports d'activité. Il délègue, il sous-traite. Mais à qui ? Sur place, il manque de relais. Pour faire fructifier son capital, il lui faut des officiers, des marchands, des comptables, des chefs de poste. Les Belges ne débordent pas d'enthousiasme à la perspective de crapahuter dans une jungle pleine de dangers. Le roi pense avoir trouvé un moyen d'aiguiser leur appétit.

*

En mai 1897 s'ouvre à Bruxelles une Exposition universelle. Léopold profite de l'événement pour donner un aperçu de son royaume outre-mer, de sa part du « gâteau africain ». Il installe sur un domaine de chasse qu'il possède à Tervuren une vitrine. Une sorte de dépliant géant. Un Congo miniature. Un pavillon, érigé au bout d'une large avenue bordée d'arbres, lui servira de salon commercial. On y vantera les produits de sa colonie, ses « merveilleuses matières » à exploiter. À l'extérieur, sur ses terres plantées de hêtres et de chênes, il a prévu un spectacle. Un *freak show* digne du cirque Barnum.

À cet effet, 267 hommes, femmes et enfants sont arrachés à leurs villages du Kasaï, du Haut-Congo et de l'estuaire de Boma. Afin de constituer un échantillon jugé « représentatif », ils ont été sélectionnés parmi différents peuples, luba, mongo, tetela, bangala… Il y a même parmi eux deux Pygmées ramenés lors d'une mission d'exploration. Des soldats indigènes font eux aussi partie du voyage. Rien ne vaut un bon défilé militaire pour attirer le chaland. Tous sont embarqués de force sur un bateau avec bambous, palmiers, rondins et sagaies qui serviront à reconstituer leur habitat. Des médecins blancs les accompagnent afin de s'assurer qu'ils ne sont pas porteurs de maladies. Et peut-être aussi afin de les étudier, c'est-à-dire, à cette époque pétrie de théories raciales, les soupeser, les classer, les toiser, comme si l'humanité pouvait être appréhendée avec un compas et une balance. Au cours de la traversée, deux d'entre eux périssent de la variole. Les autres, après quatre semaines de navigation, atteignent le port d'Anvers, le 27 juin 1897. On les transfère le jour même à Tervuren, et on les exhibe le lendemain dans trois « villages nègres », entourés de grillages, dressés près des étangs. Pendant deux mois, ils doivent mimer leur vie quotidienne. Ils chantent et dansent à heure fixe, font la course en pirogue, travaillent le fer, battent le tam-tam, prennent la pose devant des huttes au toit de chaume. Par respect des bonnes mœurs, les femmes portent un coton blanc. Les hommes conservent leur tenue traditionnelle, malgré des températures particulièrement basses pour la saison. Le soir, ils sont enfermés, à côté des chevaux, dans les écuries royales.

Des Noirs en chair et en os, évoluant dans un décor de fantaisie. Leur arrivée suscite un engouement immédiat. Des dames en ombrelle les regardent avec un mélange d'effroi et d'excitation. Des messieurs en canotier se penchent par-dessus la rambarde pour toucher leurs cheveux. Des gamins s'esclaffent en mangeant des gaufres. On demande à voir leurs dents ou la paume de leurs mains. « N'approchez pas, ils ont la petite vérole ! » hurle-t-on. « Le cannibale ne m'a pas mangé », écrira un visiteur, au dos d'une carte postale. Certains leur jettent des bonbons ou des bananes. La presse s'en émeut. Les autorités finissent par mettre une pancarte à l'entrée : « Ne donnez pas à manger aux indigènes, ils sont déjà nourris par nos soins. »

La Belgique n'est pas la seule à divertir ses concitoyens avec un zoo humain. Dans toute l'Europe, des peuplades lointaines sont montrées comme des bêtes curieuses. À la même époque, on fait parader des Lapons dans les rues de Hambourg. À Paris, des piroguiers promènent des badauds sur le lac Daumesnil, des Zoulous à plumes figurent à l'affiche des Folies Bergère, tandis que l'Alhambra annonce la « reine géante des Amazones ». Lors de l'Exposition universelle de 1889, quatre cents Africains ont été exhibés sur l'esplanade des Invalides. Dix ans plus tôt, des Nubiens bivouaquaient avec leurs dromadaires au Jardin d'Acclimatation. À Londres, Dresde ou Madrid, on vient applaudir des femmes-girafes, des hommes-éléphants et de prétendus cannibales.

Un matin de juillet, les encagés de Tervuren

se préparent à accueillir Léopold II. Ils se griment en son honneur. Les chefs revêtent leurs plus beaux atours. Ils l'attendent en vain. Son altesse ne vient pas. Il redoutait de devoir serrer des mains, de partager des miasmes. Par crainte des maladies contagieuses, il boude le clou de son spectacle, tout comme il n'ira jamais au Congo. Il ne connaîtra que son musée. Il ne s'intéresse pas à l'arbre, seuls ses fruits lui importent. Sur ce point, il ne peut être que satisfait. Son opération de marketing draine des foules immenses. Il n'a négligé aucun détail. Pour faciliter l'accès au site depuis le centre de Bruxelles, une ligne de tram à traction électrique a été construite tout spécialement, celle-là même que j'ai prise en venant. Les gens affluent de l'ensemble du pays pour admirer ses trésors, entassés dans de superbes salles au décor Art nouveau, et surtout voir ses phénomènes de foire.

Chaque jour, 30 000 personnes défilent dans le parc de Tervuren. Soit 1,8 million de visiteurs en deux mois, et ce, en dépit d'une météo peu clémente. L'été est particulièrement froid et humide. Une pluie incessante qui transperce les corps balaie les trois villages. Pour éviter de patauger dans la boue, on construit une passerelle en bois. Le public assiste à l'attraction depuis une plateforme haute de deux mètres. En dessous, dans la fosse, les bouffons du roi tombent malades les uns après les autres. Ils désertent leurs cases en bambou pour l'infirmerie. Sept d'entre eux vont être emportés par la grippe ou la pneumonie. Leurs noms sont là, devant moi, à moitié effacés, dans la solitude cachée d'un jardin d'église.

Leurs noms, seulement. La terre ne contient rien. Les stèles ne recouvrent que du vide. Sambo, Zao, Ekia, Pemba, Kitoukwa, Mibange et Mpeia ont été privés de sépulture. Tombés au champ de foire, ils ont rejoint les baladins et tous les autres proscrits – indigents, suicidés, enfants sans baptême et prostituées. Leurs ossements reposent dans un charnier que rien ne signale, quelque part au milieu de la forêt. Deux d'entre eux servaient dans la Force publique, cette armée privée aux ordres du monarque. Les pierres tombales qui commémorent leur souvenir ont été érigées sous les murs de Saint-Jean-l'Évangéliste, à la demande de leurs compagnons d'armes, un demi-siècle plus tard.

*

Je ne veillerai pas sur leurs cénotaphes. Le vent se lève. Les nuages crèvent tout à coup. Il commence à pleuvoir. Je me dépêche de déguerpir. Je songe à Tintin qui, pris sous un déluge à son arrivée à Klow, se réfugie sous le porche du Muséum d'histoire naturelle. Car les musées servent aussi à ça. D'ailleurs, leur fréquentation monte en flèche quand l'été est pourri et qu'il faut bien s'occuper à quelque chose.

De l'autre côté de la place, une arche triomphale marque le début du parc. Au moment où je passe sous sa voûte en brique rouge, l'averse prend une tournure quasi tropicale. Je relève le col de mon imperméable et m'engage dans une allée qui file en ligne droite à travers les bois. De grandes flaques formées sur les bas-côtés m'obligent à marcher au milieu de la chaussée. Dans l'obscurité et avec la buée qui recouvre mes lunettes, je ne vois quasiment rien. Pris dans le faisceau d'un phare, je bondis derrière un arbre. Je ne suis pas assez rapide. La voiture soulève à ma hauteur une gerbe d'eau. Me voilà trempé jusqu'à l'os.

Je m'attends à tomber nez à nez avec un cerf ou un sanglier. Après tout, je m'enfonce dans l'ancien domaine de chasse des ducs de Brabant, un vestige d'une des forêts les plus vastes d'Europe. Un massif inextricable qui courait jusqu'au Rhin, peuplé, juste avant notre ère, de tribus féroces. Dans ses *Commentaires sur la guerre des Gaules*, Jules César raconte comment ses troupes ont subi, au cœur de cette immensité verte, l'une de leurs pires défaites. En 54 avant notre ère, lors de la bataille d'Aduatuca, sa 14e légion romaine est exterminée. Ses soldats préfèrent se suicider plutôt que tomber entre les mains des Éburons, lointains ancêtres des Belges.

La civilisation n'est qu'un vernis qu'il suffit de gratter. Joseph Conrad le comprend dès ses premiers jours dans le royaume privé de Léopold. Quand il débarque au port de Matadi, le 13 juin 1890, il n'est alors que capitaine au long cours. Il doit prendre le commandement d'un vapeur qui bourlingue sur le Congo. Pour rallier la partie navigable du fleuve, il lui faut traverser à pied les monts de Cristal et suivre un chantier, ou plutôt un charnier, un long ossuaire qui jalonne le tracé du futur chemin de fer. Sa piste croise des villages déserts, des murs d'herbes sèches en ruine, des êtres squelettiques attachés par des chaînes et des monceaux de cadavres. C'est là, dans ces falaises rocheuses, à proximité des rapides, qu'il découvre la mise au travail forcé de toute une population, et la cupidité, la violence qui règne parmi les Blancs, ce qu'il qualifiera plus tard, une fois devenu écrivain, de « la plus infâme ruée sur un butin ayant jamais défiguré l'histoire humaine ».

Pour mon équipée, j'ai oublié ma cape de pluie, mais est-ce bien nécessaire pour visiter un musée ? En revanche, j'ai emporté *Au cœur des ténèbres*, le roman que Joseph Conrad a tiré de son expérience. Son narrateur, presque son double, le capitaine Charlie Marlow, part en quête d'un certain Kurtz qui dirige un poste avancé en amont du fleuve. Un agent de premier ordre, le meilleur, qui envoie autant d'ivoire que tous les autres comptoirs réunis, un héros, mais aussi un « fantôme surgi du fond du néant », un tueur de masse qui a décoré les parterres de son bungalow avec les crânes de ses victimes.

Dans les premières pages de *Heart of Darkness*, Marlow devise avec trois amis sur un yacht amarré à l'embouchure de la Tamise. Avant de raconter sa remontée du fleuve Congo, il recourt à une surprenante comparaison. Il invite son auditoire à imaginer à quoi pouvait ressembler cette partie de l'Angleterre deux mille ans plus tôt, lorsque les Romains accostèrent sur ses rives. Il décrit l'effroi des premiers légionnaires perdus dans cet estuaire nimbé de brouillard, cernés par un ennemi invisible. D'un coup, il déclare, en embrassant d'un geste le paysage bucolique autour de lui : « Et ceci aussi a été un des endroits sauvages de la terre ! »

Et moi ? Vers quels confins me suis-je égaré ? Comme Charlie Marlow, j'avance à contre-courant, je remonte quelque chose de furieux, de diluvien, je pars moi aussi sur les traces d'un Kurtz. Je poursuis quelqu'un d'insaisissable, à la fois singulier et ténébreux, caché quelque part, dans un fin fond, un là-bas mis sous verre.

Je me revois, dix ans plus tôt, avançant dans un bain de vapeur, entre des arbres géants aux troncs évasés. La lumière diffractée par les feuillages commençait à décliner. Mes compagnons de voyage accéléraient le pas. Il fallait se hâter pour ne pas être surpris par la nuit. Nous progressions depuis l'aube vers un lieu qui ne figurait sur aucune carte, dans l'est du Congo. Je poursuivais déjà quelqu'un ou plutôt quelque chose. J'écrivais un livre sur un minerai essentiel à l'industrie électronique qui, pareil à des boulets de charbon jetés dans un poêle, entretenait une guerre sans fin. Les Kurtz sur lesquels j'enquêtais occupaient avec leurs soldats une mine appelée Bisié, perdue au cœur de la forêt.

Nous suivions un sentier qui serpentait parmi une végétation épaisse et silencieuse, comme endormie. Nous ne croisions plus personne depuis des heures. Le matin, nous avions rencontré des centaines de porteurs aux visages grimaçants qui défilaient en sens inverse, pliés en deux, presque accroupis sous leur charge. Les mains agrippées à leur harnachement, le torse squelettique, ils charriaient sur leur dos des sacs remplis de caillasses, pesant jusqu'à soixante kilos, le poids d'un adulte. Ils mettaient deux jours pour rejoindre la première route carrossable. Tout au long de leur calvaire, des hommes en armes, postés devant une simple branche jetée en travers du chemin, élevée par on ne sait qui au rang de barrière d'octroi, les rançonnaient d'un billet. Ailleurs, d'autres brigands les attendaient, cette fois, pour les dépouiller de leurs précieux colis et des quelques biens qu'ils possédaient.

Hébété par la fatigue, je butais à chaque pas contre des racines tentaculaires emmêlées sur le sol. Patrick, un ami photographe, traînait en arrière, encombré par ses boîtiers et ses objectifs pendus à son cou. Au milieu d'un sousbois, il vacilla et s'écroula, face contre terre.

Je courus vers lui, l'allongeai sur un tapis de mousse. Il respirait. Il rouvrit les yeux. Il était conscient, mais ne tenait plus sur ses jambes. Je voulus appeler au secours. Sous le rideau de verdure, notre téléphone satellitaire ne captait aucun signal. Je le pris par l'épaule. Il parvint à se redresser. Je n'avais pas la moindre idée de l'endroit où nous étions, ni de la distance qu'il nous restait à parcourir.

Nous marchions très lentement comme des éclopés, jusqu'au moment où, après douze heures passées sous la canopée, dans un interminable clair-obscur, nous aperçûmes un bout de ciel, une trouée au milieu de l'immensité végétale, et devant nous un paysage tourmenté, lunaire, strié de cratères et de remblais, comme si des hommes avaient livré là une terrible guerre de tranchées. Toutes les collines environnantes avaient été rasées, grattées, retournées, éventrées. Il ne subsistait que de longues balafres à flanc de ravin, percées de trous, des goulots étroits protégés par des rondins, d'où émergeaient des ombres spectrales, le corps couvert de glaise, les yeux liquéfiés, les mains tordues à force de cogner. La mine de Bisié ressemblait à un astre mort.

En me dirigeant vers un Congo pétrifié, accroché au mur ou rangé derrière des vitrines, c'est cette image minérale qui me revient en tête. Ici aussi, un sentiment de bout du monde m'envahit. Je m'arrête pour consulter à nouveau mon téléphone, je cherche un plan en clignant des yeux. Le sentier où je me trouve n'apparaît pas sur l'écran. Le point correspondant à ma position, établi par quelque antenne-relais, vogue sur un océan de verdure. Des bourrasques fouettent mon visage. Mon pardessus prend l'eau. Mon sac en cuir dégouline. Des pajots de feuilles mortes collent à mes semelles. Engourdi dans mes vêtements roides de pluie, je grelotte et songe à revenir sur mes pas. Mais pour aller où ? Je finis par courir vers une ombre épaisse entre les taillis. Le chemin débouche sur un jardin au tracé géométrique. Des carrés de pelouse, parsemés de buis en topiaire, montent en pente douce jusqu'à une barre sombre. Une masse formidable, tout en longueur, ornée de pilastres et de balustres, précédée d'un escalier monumental, et coiffée, en son centre, d'un dôme à nervures. Dans le ciel sans lune se détache l'ultime legs de Léopold.

Son exposition coloniale aurait dû prendre fin le 8 novembre 1897, en même temps que la Foire internationale de Bruxelles. Mais après un tel succès, le roi des Belges décide de la rendre permanente. Le bâtiment qui l'abrite alors se révèle trop étroit. Le monarque ordonne la construction d'un nouvel édifice. Admirateur du Petit-Palais qui borde la Seine, il confie les travaux à son architecte, le Français Charles Girault. Il lui commande la même chose. En plus grand. Tervuren est un Petit-Palais aux proportions pharaoniques, dont on aurait étiré démesurément les ailes et la tête. Léopold l'a voulu à son image : hors d'échelle. Il décède le 17 décembre 1909, quelques mois avant son ouverture.

Son château est dorénavant fermé. Pas seulement à cause de la nuit. À toute heure. Comme celui de Kafka, il se présente sous la forme d'une énigme. On ne peut y entrer que si on y est déjà. On ne pénètre dans ce lieu de tous les secrets que de l'intérieur. Plus exactement, par en dessous.

Je contourne le bassin central ridé par la pluie et me dirige vers une structure moderne, de forme hexaédrique, édifiée cent mètres plus à gauche, à la lisière de la forêt. Aucune lumière, pas le moindre signe de vie. Posé sur des pilotis, le cube de verre et d'acier ne renvoie qu'un reflet opalescent. J'en fais le tour, emprunte le couloir réservé au personnel, et salue de la main un gardien posté derrière sa vitre. Il paraît affairé. Je me demande s'il m'a vu. Je me dépêche d'actionner un sas avec le badge qui m'a été remis dans la journée, de traverser un hall désert, de passer derrière la billetterie, et de disparaître dans un escalier aussi large que profond. Est-ce à cause de l'heure tardive ou du chemin clandestin qui m'est imposé ? Ou peut-être des sentiments ambivalents que m'inspire cet édifice chargé d'histoire ? Je me sens un intrus.

*

Dès que la porte d'entrée se referme derrière moi, dans un déclic discret, le silence et la nuit m'envahissent. C'est comme si quelqu'un avait scellé quelque chose d'irrémédiable, de définitif, pareil à un couvercle posé sur un cercueil. J'éprouve le vertige d'un nécromant ou d'un pilleur de tombes. Ne suis-je pas là aussi pour réveiller des morts ? Je m'arrête un instant afin de laisser mes yeux s'accoutumer à l'obscurité. Après avoir couru sous une pluie battante, je m'égoutte, je frappe de la semelle et reprends mon souffle. Je m'ébroue en humant un air plus froid, plus léger qu'à l'extérieur. Je ne discerne autour de moi que des surfaces planes et, à mes pieds, un puits noir.

Pris dans un bloc de ténèbres, je commence à saisir la difficulté de ma tâche. Je pensais scruter des vitrines et des cimaises, faire le tour des étals, lire des cartels, apprendre en marchant dans un monde de transparence et de lumières. Bref, découvrir un musée. Me voilà aveugle dans un lieu qui se donne à voir. Un lieu interdit au toucher, fait de cordons, de barrières et de chausse-trapes. J'aborde avec précaution sa première marche. Je n'ai pas le choix. Je me contente de suivre le sens de la visite. Une flèche pointée vers le bas.

Il ne faut jamais s'aventurer sous terre sans une lampe de poche. Je n'ai pour me guider que la petite torche intégrée à mon téléphone portable, signalée par une icône tactile au coin de l'écran. Je l'actionne du bout de l'index. Sa lumière pâle et chétive se perd dans le vide. J'ai la sensation d'être au bord de quelque chose dont je ne toucherai jamais le fond. La main libre que j'agite devant moi rencontre une rambarde en acier, plate et filiforme. Je la serre entre mes doigts jusqu'à sentir le froid du métal, et je descends lentement, presque à tâtons, un degré large, rectiligne, entrecoupé de méplats. L'escalier n'en finit pas. À une vingtaine de mètres de profondeur, je débouche sur un tunnel tout aussi interminable, carré, tiré au cordeau et à la gaieté d'un bunker.

Un coffrage en béton me sépare d'un sol limoneux mêlé de sable et d'humus, traversé sans doute par de vastes systèmes racinaires et quelques lombrics roses. Tout en haut, à l'air libre, il y a de l'herbe ou du gravier ; avant cela, des arbres centenaires ; et loin devant, au bout du corridor, ou plutôt en oblique au-dessus de ma tête, le palais de Tervuren. Je parcours les fondations d'un petit Versailles.

Je n'entends rien à part mes pas qui résonnent sur le sol. J'avance en somnambule dans un décor uniforme, nu et lisse, presque vaporeux, jusqu'au moment où j'aperçois, accolée à l'un des deux murs, une tache sombre, aiguisée comme un trait d'encre. Je contemple un tronc d'arbre aussi long qu'une péniche, le fût d'un immense sipo couché à l'horizontal, la première pièce d'une collection qui prétend embrasser une partie de la planète. D'un bois foncé, presque d'ébène, renflée sur ses flancs, effilée aux deux extrémités, la pirogue flotte au milieu de la galerie déserte. Sa coque évasée aurait, dit-on, transporté un roi venu d'ailleurs et sa suite. Elle symbolise, explique la même notice, la croisière imaginaire à laquelle je suis convié, un voyage vers un Autre empreint de mystère. Pareille à une barque solaire ensevelie sous une pyramide, elle semble plutôt vouloir me conduire vers un au-delà sans retour.

Où suis-je ? Dans l'ancien musée du Congo belge, le musée royal d'Afrique centrale ou l'Africa Museum ? On me propose de découvrir non plus une ancienne possession belge, ni même une région, mais l'ensemble d'un continent. Il y aurait beaucoup à dire sur ces terminologies consécutives, à chaque fois plus floues, plus indéfinies, plus englobantes, comme si ce qui s'amoncelait au-dessus de ma tête n'avait cessé, au fil du temps, de grossir, de prendre de l'ampleur, au point de déborder et de tout recouvrir, pareil à une rivière sortie de son lit, alors qu'en toute probabilité ces changements d'appellation, dictés par les circonstances, visent à faire oublier ou, du moins, à estomper le projet initial, celui d'un musée entièrement dédié à une colonie.

Je suis dans le ventre d'un monstre. Je m'attaque à un morceau trop grand pour moi. Trop imposant, trop lourd, trop chargé et – je m'en rends compte un peu tard, en clopinant à l'aveugle dans cette galerie souterraine – trop casse-gueule. Je me demande pourquoi je l'ai choisi. Je risque de m'y perdre. N'étant pas historien, ni ethnologue, encore moins naturaliste ou géographe, je ne possède aucune des compétences requises pour juger ses œuvres. Je ne connais rien à l'art lega ou aux masques songyés recouverts de stries, même si une copie sans valeur, au nez de clown et à la rotondité rassurante, veille sur mon petit bureau, niché sous un toit parisien. Je serais incapable de distinguer un bonobo d'un chimpanzé. Les serpents, même empaillés, me terrorisent et je mentirais si je prétendais m'intéresser aux lépidoptères.

Toute une nuit, seul, dans un musée, c'est long. Je me suis donc fixé un but. La biologie ou les sciences de la terre, à tort sans doute, attisent moins ma curiosité que la vie des gens. Dans ce maquis inextricable, je cherche quelqu'un. Un homme aperçu des années plus tôt dans l'une des premières salles offertes à la visite. Pourquoi lui ? Précisément, du fait de sa présence entre ces murs. Il apparaissait dans un film en noir et blanc projeté en boucle sur un écran. Il y tenait le rôle principal, celui d'un chasseur professionnel. Il battait la brousse en bermuda kaki et veste saharienne, la tête recouverte d'un bob en toile, rond et mou. Des cheveux bruns légèrement dégarnis au sommet du crâne, d'épais sourcils, un profil en lame de couteau, une moustache en brosse à dents, il devait avoir une quarantaine d'années. Avec sa carabine de calibre 12, il venait d'abattre un éléphant, pas n'importe lequel, un roi aux proportions gigantesques, bientôt élevé au rang d'icône.

L'homme suscite mon intérêt pour une autre raison. Il porte un patronyme prestigieux étroitement associé à la maison labyrinthique qui m'accueille et à tout ce qu'elle renferme d'artefacts, de souvenirs, de non-dits, de regrets, de vanités, de nostalgie inavouable. Le chevalier Alphonse de Boekhat incarne en quelque sorte l'âme du lieu. Je suis un peu chez lui et je me demande pourquoi il me fait entrer par les sous-sols.

*

Dans un livre, on observe les mêmes règles de savoir-vivre que lors d'un dîner : les présentations se font si possible à l'arrivée des invités. Avant d'aller plus loin, il convient donc de dire quelques mots sur les Boekhat et leur rejeton des savanes. Ils appartiennent à une vieille famille du Brabant flamand anoblie au début du XIXe siècle. Leur ancêtre, Louis-Alphonse, était un bourgeois qui exerçait les fonctions d'échevin et de juge de paix dans la ville de Linter. En 1821, il fut promu chevalier par le roi Guillaume Ier des Pays-Bas et autorisé à transmettre son titre à tous ses descendants mâles. En son honneur, les garçons de sa lignée ont hérité l'un ou l'autre de ses deux prénoms, comme s'ils étaient interchangeables ou soumis aux lois de la réincarnation et ne constituaient, sous leurs enveloppes successives, qu'une seule et même personne vouée, d'un siècle à l'autre, à la même entreprise.

Depuis qu'ils font précéder leur nom d'une particule, les Boekhat semblent vouloir former un écheveau presque indémêlable. Leur tableau généalogique, consultable sur Internet, ressemble à un rhizome, à un réseau de tubercules, de bourgeons et de radicelles. Par un jeu d'alliances et d'intermariages, les tiges, au lieu de s'éloigner les unes des autres, ne cessent de s'entrecroiser, de dessiner des boucles. Dans cette trame tellement dense qu'elle en devient opaque, difficile d'identifier qui est qui.

Il n'y a pas que les liens du sang qui les unissent. Ils partagent une mentalité commune. Un esprit aussi insaisissable que celui des Guermantes. Une assurance, un art d'être ce que l'on est sans effort, avec naturel, doublé d'un instinct grégaire, d'un tempérament moutonnier. Chez les Boekhat, on fait bloc. On étudie dans les mêmes pensionnats religieux, on fréquente les mêmes cercles, on siège dans les mêmes conseils d'administration et on repose dans les mêmes caveaux. À Bruxelles, on habite les mêmes rues à proximité du palais royal. Régulièrement, on se retrouve à l'occasion d'une fête de bienfaisance, d'une messe privée, d'une randonnée équestre ou d'une partie de chasse. On joue au bridge, on taille un baccara, on mondanise, on s'entraide, on se jalouse. En un mot, on cousine. Parfois, on se marie entre soi. Les entrelacs renforcent la cohésion du groupe. Il faut préserver le capital, éviter les mésalliances et maintenir le prestige de la maison, même si celle-ci n'est pas si ancienne ou peut-être précisément pour cette raison.

La fortune est depuis longtemps investie dans la banque ou les assurances. Autrefois, elle se lisait sur le cadastre. L'arbre familial s'enracine dans des terres humides et boisées, sillonnées de cours d'eau. À chaque branche correspondaient à l'origine des terres, des étangs aux couleurs potagères et un château. Cette seigneurie, ce point de départ géographique, ce lieu-dit ancestral qui, dans bien des cas, a été depuis longtemps revendu, est accolé au nom de famille afin de le rallonger davantage et introduire un soupçon de variété là où ne règne que l'entre-soi. Ceux qui viennent de Linter, en pays flamand, constituent la lignée principale. Ils se font appeler les Boekhat de Linter et signent d'un discret BL afin de se différencier de leurs cousins issus du village de Killem, les BK, cette fois, ou encore de ceux de Hoef, les BH. Ces initiales dessinées d'un trait de plume, que l'on découvre en bas des lettres, semblent relever, du fait de leur allitération, d'un code informatique rudimentaire destiné à une poignée d'initiés.

Alphonse appartient à une branche mineure, celle dite de Killem, un gros hameau agglutiné autour d'un haut clocher à bulbe et entouré de champs de betteraves. Son père en était le bourgmestre. Tout comme son grand-père avant lui. En ce temps-là, la charge de maire se transmettait un peu comme un office notarial. Il ne portera jamais les symboles de leur pouvoir, l'épée et le bicorne à plumes avec lesquels il jouait petit, et n'héritera pas davantage du château. Tel est le sort d'un cadet d'une fratrie de dix. Encore une de leurs particularités : respectueux des préceptes de l'Église, les Boekhat engendrent des ribambelles d'enfants. Selon une répartition des rôles quasi immuable, les aînés font de la politique et des affaires, tandis que les puînés servent Dieu ou le Roi. Après être entrés en religion ou dans l'armée, le plus souvent ils prennent le large. À l'âge de vingt ans, Alphonse a décidé de partir outre-mer, comme on disait à l'époque. Durant des décennies, il va régenter non pas un village, mais des centaines de kilomètres de forêts et de savanes.

*

Mais tout ça, on y reviendra plus tard. Inutile d'en savoir davantage, car, pour le moment, je ne suis pas près de le retrouver. Je continue de m'enfoncer dans la terre. Je passe d'un seuil à l'autre, sans réfléchir, tel un corps inerte aspiré vers le fond. Un léger bruit me tire de ma torpeur. Au bout du couloir, un escalier remonte vers la surface. Du haut des marches provient un air lancinant, semblable à un murmure. Je me laisse guider par des sons de plus en plus nets jusqu'à une salle au plafond bas. Encore un sous-sol. À 23 heures passées, je m'attendais à arpenter des espaces éclairés de loin en loin par quelques plafonniers mis en veilleuse. Ici comme ailleurs, tout est éteint, à part une baie vitrée et un écran d'où proviennent les vibrations ouatées d'un lamellophone. Quelqu'un a dû oublier d'appuyer sur l'interrupteur en partant. Emporté par la petite musique qui revient en boucle, à la manière d'un feu sonore destiné aux malvoyants, je fais le tour de la pièce sans savoir où cela me mène.

Sur ma gauche, une chambre plongée dans une opacité complète m'aspire comme un trou noir. Tout ce dédale piranésien semble converger vers cette cave isolée aux murs de brique. Je franchis sa porte voûtée et heurte une barre de fer. Dans un mouvement de recul, je brandis ma loupiote. Deux visages luisent sous mon pinceau blafard. D'autres silhouettes surgissent, réunies pêle-mêle dans un désordre étudié simulant le chaos. Une cohorte muette se bouscule derrière ce qui ressemble à un enclos. Il s'agit de figures déchues, descendues de leur piédestal, enterrées dans une fosse commune. Mon parcours halluciné aboutit à un cimetière de statues.

Je pense m'être trompé de route. J'ai dû, sans m'en rendre compte, emprunter une sortie de secours ou tomber dans un cul-de-basse-fosse

– tout palais qui se respecte en est naturellement pourvu. Je suis peut-être entré par mégarde dans un local technique destiné à la maintenance. Mais non. Aucun pictogramme ne signale un accès interdit. Le lieu s'adresse bien à ce que l'on appelle un public, c'est-à-dire un ensemble d'entités pensantes dont on espère attirer l'attention. Quelques notices placardées sur les murs et rédigées dans différentes langues en témoignent. Tous ces êtres changés en pierre, formant un amas indistinct comme s'ils avaient été mis à la poubelle, sont là pour être regardés.

Je passe en revue une troupe disparate composée de maîtres et de serviteurs. Des bustes d'officiers en bronze ou en marbre blanc occupent le centre de la scène. Engoncés dans leur uniforme d'apparat, le torse couvert de breloques, ils arborent épaulettes à franges, favoris et bacchantes. Sortis d'un autre siècle avec leur moustache en croc et leur barbe à l'impériale, leur pompe, leurs ors, ils reposent sur des étagères métalliques, rangés en bataille, c'est le cas de le dire, ou plutôt empilés les uns au-dessus des autres, telles des boîtes de conserve dans une resserre.

Ils me regardent avec solennité. Ils portent un nom gravé sur leur piédestal, ils affichent un grade : l'un est général, le deuxième capitaine, le troisième sous-lieutenant ; derrière trône un commandant. Ce sont des conquistadors, à l'instar d'un Cortés ou d'un Pizarro, animés par la même soif de richesse et de gloire, mus par la même incroyable audace. En quelques mois, ils ont exploré des immensités et assujetti des millions d'êtres humains, grâce à la supériorité de leurs armes et, plus encore, par la surprise, l'effarement qu'ils suscitaient. Pour la plupart, ils sont morts de maladie au cours de leur équipée, comme les extraterrestres de *La Guerre des mondes*, le roman de H. G. Wells publié presque au même moment.

Autour d'eux se dressent des êtres nus, vernissés de noir ou couleur de cuivre. Certains sont décharnés, dépouillés de tout, y compris de leur sexe, émasculés par un enduit sommairement étalé entre leurs cuisses. Ils simulent la joie enfantine, la terreur, l'idolâtrie ou la haine. Ils sont soumis, apeurés, recroquevillés ou alors menaçants et combatifs. Soit ils subissent la violence, soit ils l'exercent. Un garçon courbe l'échine, un vieillard serre un couteau. Esclave ou tueur. Pas d'échappatoire. Plus loin, au-dessus du meuble qui abrite les militaires belges, gisent, cette fois, des têtes. Celles d'hommes jeunes pour la plupart.

Bouche fermée, paupières closes, visage rétif, ils suffoquent sous une coulée de plâtre. Ils paraissent avoir été naturalisés, comme si on les avait conservés avec un procédé chimique ou sous une pluie de lave, à la suite d'une éruption volcanique. Ces moulages sur le vif, réalisés, plaqués, triturés à même la peau, ne montrent pas des personnes mais des préjugés raciaux. L'artiste entendait mesurer des crânes, des nez, des lèvres, percer le secret de groupes humains réduits à leurs traits physiques. Il ne saisit que la peur et l'asphyxie. Ce sont des masques mortuaires, des linceuls figés, les empreintes d'un réel d'où la moindre trace de vie a disparu.

La complexion de leur épiderme détermine jusqu'au choix des matériaux. Des envahisseurs coulés dans l'airain ou sculptés dans le marbre toisent des indigènes faits de poudres de gypse. Pot de fer contre pot de terre. Indice de dureté, sans doute.

Un panneau met en garde le visiteur à la manière des avertissements apposés sur les paquets de cigarettes : « Les statues présentées dans cette salle faisaient autrefois partie de l'exposition permanente. Aujourd'hui, elles n'y ont plus leur place. Elles témoignent des préjugés et stéréotypes profondément ancrés qui ont contribué au racisme dans nos sociétés modernes. »

Ces vestiges d'un empire défunt étaient auparavant exposés à l'étage au-dessus, au rez-de-chaussée du musée. Séparément, cela va de soi. Officiers d'un côté, autochtones de l'autre. Les premiers, adulés par une patrie reconnaissante, bombaient le torse dans une salle tapissée de drapeaux et de plaques commémoratives. Les seconds, censés dépeindre une vie primitive, étaient dispersés dans des galeries dites ethnographiques – je devrais ajouter des guillemets, mais il en faudrait à chaque mot.

Tout était vieux, d'un autre temps. Des échantillons de voyageurs de commerce jouxtaient des reliques de guerre. Il y avait même, montée sur une estrade, une mitrailleuse Maxim. Une machine capable de tirer six cents coups par minute, élevée au rang d'œuvre d'art, à la façon d'un ready-made de Marcel Duchamp. Ces trophées poussiéreux baignaient dans une lumière jaune diffusée par d'antiques ampoules à incandescence. Des bêtes empaillées, dévorées par les mites, posaient la gueule ouverte, devant des dioramas aux couleurs éteintes. À l'instar de ses prédateurs au pelage craquelé, le bâtiment tout entier relevait d'une espèce en voie de disparition. Tervuren était alors qualifié de dernier musée colonial au monde.

Fermé en 2013 pour travaux, l'établissement a rouvert au public en 2018. Entièrement remis à neuf. Nettoyé, décapé, réparé, agrandi, repensé et pourvu d'un nouveau nom. Difficile dans ce temple endormi d'imaginer la somme d'énergie déployée durant ces cinq années. Des centaines d'ouvriers appartenant à des dizaines de corps de métier se sont attelés à une opération à la fois minutieuse et titanesque, mélange de gros œuvre et de microchirurgie, les uns à coups de marteaux-piqueurs et de bulldozers, les autres en douceur, au moyen d'un pinceau, d'une brosse ou d'un scalpel. On a rehaussé des charpentes, refait les toitures, repeint les fresques, épousseté des ossements, retendu des peaux, poncé le sol, colmaté des fissures, creusé, bétonné ici et là, et construit un nouveau pavillon d'accueil, ainsi que le tunnel que je viens d'emprunter.

Il s'agit de bien autre chose que d'un simple réaménagement. Les promoteurs de cet immense chantier célèbrent une seconde naissance, une véritable métamorphose. À les entendre, l'ancien musée du Congo belge a non seulement été restauré, rénové de fond en comble, mais plus encore rajeuni, délivré de ses préjugés et de son lourd passé, en un mot – et je me borne une fois encore à citer leur propos – « décolonisé ». Une ambition qui mérite d'être examinée en ces temps de déboulonnage. Comment fait-on ? Est-ce en soustrayant ou en ajoutant ? En effaçant ou en soulignant ? Un monument peut-il être réécrit comme un palimpseste ? Peut-on modifier l'identité d'un lieu tout à la gloire de ses fondateurs ?

À ce stade, je n'ai que des interrogations. L'une des réponses apportées s'étale devant mes yeux, à l'intérieur de ce caveau transformé en débarras, dans cet étrange purgatoire à mi-chemin entre la déchetterie et la vitrine, entre la tombe et le trône. Ni jetées ni conservées en l'état, les dizaines de sculptures qu'il renferme se situent dans un fragile entre-deux. Tout ce fatras, et cela peut sembler paradoxal, fait partie des premières choses que l'on voit en arrivant à Tervuren. À la fois mis à l'ombre et mis en avant, relégué dans les abysses et placé au début de la visite. « Statues en dépôt », lit-on sur le mur, comme si leur emplacement n'était que provisoire. Expression d'un doute ? Fruit d'un compromis bancal ? Je ne suis pas le seul à tâtonner dans le noir.

*

Un Boekhat aurait pu trôner dans ce mausolée interdit. Non pas notre chasseur professionnel, né au début de la Grande Guerre, donc bien après tous ces pionniers à moustache, mais un aïeul qu'il admire et dont il porte le prénom comme s'il était promis depuis sa naissance au même destin. Un chevalier, également. Par commodité, appelons-le Alphonse l'Ancien par opposition à Alphonse le Jeune, car, un peu à la manière des peintres flamands, des Bruegel ou des Holbein, il crée une dynastie nouvelle. Il est le premier de la famille à fouler le sol congolais et à le soumettre par la force.

Depuis sa venue au monde, cet Alphonse originaire cherche sa place. Dans l'ordre successoral, il est le deuxième-né. Il a un frère jumeau. Il grandit à l'ombre d'un double et en l'absence d'un père. Celui-ci est mort brutalement alors qu'il n'avait que trois ans. Il administrait les biens d'un duc et n'avait pas grand-chose à léguer à ses enfants. Des jumeaux orphelins deviennent vite des rivaux. On pense à Romulus et Rémus, à Jacob et Esaü. L'un d'eux est de trop. Parvenus à l'âge adulte, ils s'écartent comme les deux bras d'un compas. Le premier sert d'axe, le second décrit des cercles.

Alphonse l'Ancien est celui qui s'éloigne. Au lieu de devenir banquier, puis ministre, comme son frère, il entre dans l'artillerie avec le grade de lieutenant. Il aurait pu gravir tranquillement les échelons de l'institution militaire avec l'espoir de finir un jour général. Il préfère offrir ses services à une milice, la Force publique, créée par Léopold II afin de pacifier son « État indépendant du Congo ». Une fausse armée pour un État fantoche. La troupe mercenaire est composée de fantassins noirs enrôlés de force et d'officiers blancs recrutés dans toute l'Europe. La propriété personnelle du roi des Belges s'apparente à une société anonyme protégée par des vigiles. À ses débuts, elle n'attire pas grand monde, à part une poignée d'aventuriers. On la dit peuplée de cannibales assoiffés de sang. On juge ses mœurs dissolues. Aux yeux de la plupart des gens, ce n'est qu'une terre de péché et d'épouvante.

Pourquoi alors le jeune homme va-t-il tout lui sacrifier ? Son confort, sa santé, sa carrière, un beau mariage, bientôt sa vie ? Pourquoi risquer ainsi sa peau, non pas pour son pays qui ne lui demande rien, mais pour un roi entrepreneur régnant sur des dividendes ? Qu'est-ce qui le pousse à tout quitter pour se précipiter dans un gouffre ? « L'Afrique, quel rêve énorme ! écrit Victor Hugo. Aller là d'où personne n'est revenu, quelle tentation et quel enthousiasme ! » Sans doute est-il mû par un besoin impérieux d'ailleurs, de soudain, d'inattendu, de grandeur. Au-delà de la bravoure, des vertus qui lui ont été transmises, du sens de l'honneur, de la fierté, on devine quelque chose de plus personnel. Une douleur rentrée, une faille, une injustice, une spoliation. Lui non plus n'a peut-être pas eu d'autre choix que l'exil.

Il embarque le 1er novembre 1891 afin de prendre part à la campagne contre les « Arabes esclavagistes ». La lutte contre la traite, pratiquée par des marchands musulmans, sert alors de prétexte à l'invasion du Congo. À son arrivée, Boekhat file au sud. Il a pour mission d'occuper la région du Katanga que Léopold II vient d'annexer d'un trait au crayon en bas d'une carte encore vierge. Avant de pouvoir matérialiser ces lignes imaginaires jetées sur le papier, le lieutenant reçoit un nouvel ordre : il doit rejoindre un corps expéditionnaire qui trace, cette fois, plein est.

Il franchit des rivières en pirogue, parcourt des centaines de kilomètres à pied et remporte maintes batailles. À chaque fois, c'est la même chose. Il assiège des villages, affronte des ennemis supérieurs en nombre, mais qui ne peuvent opposer que des lances, des arcs, quelques mousquets et de la poudre généralement mouillée à ses carabines à répétition et son canon Krupp. Il les bombarde, il leur tire dessus. Les toits en chaume prennent feu. La panique s'empare de la population. Ses soldats exécutent les fuyards. Sur un tas de cendres encore fumant, il hisse un drapeau, érige un comptoir et repart incendier d'autres hameaux. Il doit se dire que c'est ainsi qu'on libère les peuples. Au Congo, la civilisation annonce son arrivée par un mur de flammes au-dessus de la canopée.

Dans la troupe, on le surnomme « le Héron » du fait de ses longues jambes, pareilles à des échasses, et aussi à cause de son étrange comportement, de sa manière d'avancer sous la mitraille dans son costume blanc, afin d'être bien visible, le buste droit et raide, la tête haute, comme s'il voulait se faire descendre. Son incroyable traversée jusqu'aux abords du lac Tanganyika tient du suicide. Trois ans à guerroyer dans la chaleur et l'humidité, à affronter des hautes herbes coupantes, à dormir n'importe où, à être réveillé en pleine nuit par des bruits inconnus, le corps en nage, parcouru de frissons, sous l'effet d'un brusque accès de fièvre. Trois ans de tueries et de courses-poursuites dans un lacis de fougères et de broussailles.

Il continue sa traque jusqu'à l'épuisement. Il écrase l'un après l'autre les îlots de résistance, toujours avec panache, en prenant des risques fous, comme s'il s'adonnait à une guerre en dentelle. Et puis un jour, il succombe, emporté par une infection purulente au foie. Il est enseveli à la va-vite sous une terre rouge, en haut d'une colline surplombant le grand fleuve.

Alphonse l'Ancien meurt trop jeune pour récolter de quelconques lauriers. Son nom n'apparaît pas dans les livres d'histoire, contrairement à la plupart de ses compagnons d'armes qui accumuleront titres et honneurs. Certains finiront même barons, décorés de l'ordre du Lion et de je ne sais quoi encore. Chez les Boekhat, en revanche, le lieutenant d'artillerie fait figure de héros et suscite des émules. Toute une lignée de coloniaux.

Au cours des décennies suivantes, bien d'autres chevaliers lui emboîtent le pas. Des

BH, des BL, des BK, une foultitude de B qui deviennent chefs de poste, courtiers, officiers, missionnaires, planteurs. Ou encore chasseurs professionnels, comme Alphonse le Jeune. Certains d'entre eux auraient pu, en remerciement des services rendus, siéger eux aussi dans ce cénacle caverneux, sous la forme d'un bloc marmoréen. Et que dire de ceux qui vont déterminer le sort de ce vaste territoire en tant que députés ou sénateurs, voire ministres, généralement sous l'étiquette du Parti catholique, ou encore au titre d'administrateurs de la Société Générale, une banque qui, au milieu du XXe siècle, contrôle à elle seule la moitié de l'économie congolaise ? En fait, toute la famille aurait mérité d'être là, en rangs serrés, comme sur une photo de mariage, tant elle se confond avec cette saga africaine.

*

Lorsque vous êtes perdu dans une foule anonyme, il est toujours réconfortant de tomber sur une figure connue, même quand celle-ci fait mine de vouloir vous déchiqueter avec ses griffes. Dans ce panthéon inversé, je retrouve une image familière, associée à l'une de mes premières lectures, longtemps source d'effroi et de curiosité naïve. J'ai devant moi un personnage qui, comme tous les croque-mitaines rencontrés durant l'enfance, continue d'habiter mon imaginaire. C'est aussi pour lui que je suis là.

On l'appelle homme-léopard. Il porte une tunique et une cagoule en peau tachetée, ainsi que des lames de fer au bout des doigts. Il se tient penché sur un homme endormi, en le menaçant avec ses crochets. La statue reproduit une scène de crime. Les hommes-léopards égorgent leurs victimes, une fois la nuit tombée. Afin de faire croire à l'acte d'un félin, ils imitent l'empreinte de ses pas, à l'aide d'un cachet qu'ils impriment sur le sol. Ils appartiennent à une société secrète, les Aniotas, active dans l'est du Congo au début du XXe siècle. Dans les années suivantes, les autorités coloniales, puis la littérature populaire, vont leur attribuer toutes sortes de méfaits réels ou fantasmés. Réalisé en 1913 à la demande du ministère des Colonies par le sculpteur Paul Wissaert, ce bloc de plâtre convoque nos pires cauchemars. Il incarne une créature hybride, mi-humaine, mi-bestiale, une espèce de loup-garou tropical. Avant d'être remisé à la cave, dans les cercles dantesques du bas, il constituait l'une des principales attractions du musée. On pourrait presque dire son emblème.

Car, entre-temps, une planche de dessin l'a rendu mondialement célèbre. Sans *Tintin au Congo*, ce ne serait qu'un pantin destiné à faire peur, un objet de curiosité parmi d'autres. Dans son deuxième opus, Hergé lui donne un visage, celui du sorcier Muganga. Un individu à la fois inquiétant et ridicule. Quand Muganga ne trucide pas les gens à la faveur de l'obscurité, il profère des incantations avec une casserole sur la tête. Membre, lui aussi, de la secte des Aniotas, il tente, à la trente et unième page de l'album, d'assassiner notre jeune reporter, tranquillement assis sous un palmier. En quelques traits, Hergé croque l'homme-léopard exactement comme Wissaert, dans la même posture, telle une ombre prête à fondre sur sa proie, toutes griffes dehors. Le héros à houppette ne doit la vie sauve qu'à l'intervention d'un autre prédateur, un boa qui, à la case suivante, manque d'engloutir son agresseur.

D'un bout à l'autre de la BD, Tintin personnifie le parfait administrateur colonial. Il représente l'autorité, le savoir, le progrès. Il distribue la quinine aux malades, introduit le cinéma et le gramophone jusque dans la brousse. Lorsqu'il emboutit un train avec sa voiture, il s'improvise chef de travaux. Il oblige ses passagers à réparer les dégâts dont il est la cause, il les commande, les traite de feignants et leur parle comme à des enfants. Il rend aussi la justice, il combat le mal et, une fois rétabli un ordre incarné par les pères missionnaires et les tirailleurs de la « Force publique », part à la chasse en chaise à porteurs, coiffé de son casque en liège. À la fin de son périple, on le vénère comme un dieu. Il a droit à son totem. À l'occasion, il joue à l'instituteur. « Je vais vous parler aujourd'hui de votre patrie, la Belgique », annonce-t-il aux petits Congolais assis bien sagement dans la classe à claire-voie de la mission. Dans une nouvelle mouture publiée après la Seconde Guerre mondiale, il leur apprendra à compter jusqu'à quatre. Fini les ancêtres gaulois (ou celtes) à longue moustache et gros dada. L'indépendance approche. Place à l'addition.

En face, les Noirs sont craintifs, cruels, paresseux ou grotesques. Ils bafouillent un idiome qui n'a jamais existé, disent « missié » ou « ça y en a bon », comme dans les réclames pour le chocolat Banania, croient n'importe quoi et s'habillent n'importe comment. Au fil des pages, Hergé égrène la plupart des clichés racistes sur l'Afrique. Même ses fervents admirateurs peinent à défendre son album le plus vendu au monde. Ils invoquent une erreur de jeunesse, blâment l'époque, impute la faute à son milieu catholique et de droite, bientôt tenté par le fascisme. Lui-même, des décennies plus tard, plaidera l'ignorance. Le Congo ? À l'instar du roi Léopold, il n'y est jamais allé. En revanche, comme tous les Belges, il a visité le palais de Tervuren. Pour réaliser ses dessins, il s'y est rendu presque chaque jour, comme on va au supermarché ou à la bibliothèque. Il a pioché dans sa collection. Il lui a emprunté ses accessoires les plus fameux : la pirogue, l'homme-léopard, le totem, le fétiche. Tintin n'explore pas un pays, mais son appartement-témoin.

Moi, j'examine un grand bâtiment mort en commençant par ses entrailles. Je prospecte ses ténèbres. La loi de la gravité m'entraîne toujours plus bas. Les profondeurs touchent à l'intime, à l'inconscient, au secret. Descendre, c'est partir à la quête des origines. Depuis le début, on m'invite à creuser. Un itinéraire à sens unique me pousse à aller au commencement des choses, à tirer des fils, à établir des généalogies. Parmi mes diverses sources d'influence, mes nombreuses filiations, l'une d'elles me paraît assez évidente : je me considère comme un enfant de Tintin – si tant est que ce personnage asexué ait voulu ou pu procréer.

Il m'accompagne depuis mon premier âge. Je l'ai découvert, très tôt, dans sa vieille édition à la reliure rouge. J'ai appris à lire avec lui, à voir le monde à travers ses cases. Je lui dois ma soif d'ailleurs, mon attrait pour les départs à l'improviste et les rencontres inopinées. C'est sa faute si mes passeports sont couverts de tampons. Je marche encore sur ses pas. Son Khemed et sa Syldavie existent, j'en reviens. Je partage son goût pour l'intrigue et, comme lui, j'enquête, j'espionne, je fouille, je pousse les portes, je vais là où c'est interdit. Rien de surprenant à cela. Nous exerçons le même métier. C'est sans doute à cause de lui que je suis devenu reporter.

Je connais ses dialogues par cœur. Je les récite comme des mantras : « Quand lama pas content, lui toujours faire ainsi », « Caramba, encore raté ! » Plonger dans ses dessins sans hachure m'apaise aussitôt. À dire vrai, je n'ai jamais apprécié *Tintin au Congo* – même petit, le mépris qu'il témoignait à ses habitants me troublait –, mais je relis inlassablement ses autres albums, y compris les plus choquants, comme *L'Étoile mystérieuse* publié sous l'Occupation par un journal alors pronazi. Je m'efforce d'oublier ses boys imbéciles et ses banquiers au nez crochu. Je préfère me souvenir de Tchang et Zorrino, ses amis, ses frères. Je lui passe presque tout et je me demande bien pourquoi. Quelqu'un m'a dit que je lui ressemblais alors que sa tête n'est qu'un rond piqué de deux points noirs. Un vide entouré d'un cercle. Un miroir tendu à chacun de nous. Et cette nuit, j'évolue dans son univers. Un enchaînement logique et pour le moins troublant me relie au bâtiment colossal situé au-dessus de ma tête. En réfléchissant bien, ce sont les souvenirs de ma prime jeunesse, c'est mon enfance, notre enfance à tous, que je revisite. J'explore les soubassements de notre mémoire.

*

Alphonse le Jeune est-il lui aussi un enfant de Tintin ? Il grandit avec lui et doit suivre ses aventures dans le supplément jeunesse du *Vingtième Siècle*, le journal auquel son père, en bon catholique, est forcément abonné. Peut-être fait-il même partie de ses admirateurs en culottes courtes venus l'acclamer à son faux retour du Congo ? Pour cet événement promotionnel organisé à l'occasion de la sortie de son album, le héros reporter, interprété par un scout de quatorze ans, parade sur le parvis de la gare du Nord, à Bruxelles, coiffé d'un casque blanc et escorté par une dizaine d'autres louveteaux qui distribuent des babioles exotiques à la foule et brandissent des animaux empaillés. Parues en feuilleton à partir de 1930, ses tribulations africaines devaient, sinon dans l'esprit de Hergé, du moins dans celui de son directeur, l'abbé Wallez, susciter des vocations coloniales au sein de la jeunesse belge. J'ignore si elles exercèrent une influence quelconque sur le chevalier en herbe. Toujours est-il que Boekhat, une fois libéré de ses obligations militaires, fait comme Tintin. Il va lui aussi s'équiper au Bon Marché, le grand magasin Art déco réputé pour ses articles coloniaux, puis embarque avec ses quatorze malles sur le même paquebot, le *Thysville,* qui effectue la liaison entre les ports d'Anvers et de Matadi. Son voyage s'avère plus paisible que celui de son modèle à houppette, aucun gangster n'ayant, semble-t-il, tenté de le balancer par-dessus bord.

Au cours de la traversée, il enchaîne les dîners de gala en smoking, les parties de palet et les tournois de tennis sur le pont arrière. Il célèbre, comme il se doit, le passage de l'équateur, sans participer aux tirs de pétards, aux jets d'eau et autres divertissements qui accompagnent le changement d'hémisphère. La croisière s'amuse. Lui, moins. Le soir, il ne crache pas sur un whisky bien tassé et un bon cigare au fumoir de la première classe, mais après il part se coucher. Il évite ce qu'il appelle les « sauteries ». D'une nature solitaire, il a toujours fui cocktails et banquets. Il n'était même pas présent au mariage de sa cousine Guiguite – chez les Boekhat, on a la manie des diminutifs –, célébré avec magnificence à Saint-Jacques-sur-Coudenberg, la cathédrale de la famille royale. Aux mondanités, il préfère la compagnie de son calibre 12. Il ne se sépare jamais de sa carabine. La tête pleine du fracas des armes passé, il aurait pu devenir artilleur comme son ancêtre à moustache, mais il ne supporte pas non plus les corvées et les injonctions de toutes sortes inhérentes à la vie de garnison. Il veut être son propre maître. À vingt ans, il va rejoindre un poste isolé dans la brousse, pour le compte d'une compagnie dont l'objet social est la recherche et l'exploitation minière.

Les Boekhat font penser aux oiseaux

migrateurs qui, mus par un mystérieux système de géolocalisation, parcourent des milliers de kilomètres pour se rendre toujours aux mêmes endroits. Une fois débarqué à Matadi, Alphonse le Jeune gagne Léopoldville (aujourd'hui Kinshasa) par le train. De là, il monte sur un vapeur à faible tirant d'eau qui remonte le fleuve Congo, puis l'un de ses affluents, le Kasaï, et enfin la rivière Lubilash. Il effectue le reste du trajet à pied avec son boy et trente-cinq porteurs. Hasard des affectations ou retour aux sources ? Il avance vers l'est en direction du Lomami, exactement comme son aïeul, une quarantaine d'années plus tôt.

*

Lors de mon précédent passage, dix ans auparavant, j'étais entré par la grande porte et au grand jour. En grande pompe, pourrait-on dire. À l'époque, on arrivait par l'avenue principale, on faisait le tour du bâtiment, on longeait sa lourde façade et on gravissait son perron en pierre grise. Un tourniquet de vieux palace donnait sur un hall richement orné, au milieu duquel veillait notre Léopold à l'état solide. Son buste taillé en ivoire d'éléphant rayonnait sous la coupole. La visite du musée commençait ainsi par un hommage rendu à son fondateur et à l'une des deux sources de son immense fortune. La seconde étant le caoutchouc. Mais, en ce temps-là, quel artiste aurait réalisé la sculpture d'un monarque au moyen de ballons gonflables, si possible rose vif ou bleu électrique, à la manière d'un Jeff Koons ? Autour de la pièce, nichées dans le mur circulaire, des statues étincelantes, en plaques de cuivre laminé, incarnaient – sous les traits tour à tour d'une matrone, d'un père missionnaire et d'une guerrière en armure – une Belgique apportant la paix, la civilisation et la foi chrétienne à de bons sauvages.

Des grilles en fer forgé condamnent désormais la rotonde. Tervuren n'est plus qu'un lourd quadrilatère replié sur lui-même, aux fenêtres extérieures rendues aveugles par des tentures grisâtres. Né d'un zoo, le musée ressemble de plus en plus à une cage. Pour accéder aux salles d'exposition, le public doit emprunter cette voie souterraine qui court sur une centaine de mètres et ressurgit à l'intérieur de l'édifice. Un aménagement justifié, comme souvent en pareil cas, par un besoin d'espace, une meilleure ergonomie, une gestion des foules plus rationnelle. Ce long crochet permet aussi – et peut-être surtout – d'éviter l'ancienne entrée et son embarrassant comité d'accueil.

Le symbole a dû échapper à ceux qui ont conçu ce détour. Avant de découvrir le musée et son patrimoine, il faut descendre sous terre. Pourquoi aborde-t-on toujours cette partie du monde par le bas ? L'Afrique souffre d'une sorte de mal des profondeurs. Depuis le début de la colonisation, elle est renvoyée à ce qu'elle renferme. À ses tréfonds. On ne l'appréhende que verticalement. Quand on n'y étudie pas les premières strates de l'humanité, on exploite ses gisements. On fouille ses couches superposées, ses affleurements rocheux, ses failles, ses accidents tectoniques, ou alors on y recherche un point de départ, un ancêtre commun, un art originel, des sociétés supposées primitives. Un continent tout entier – âmes et pierres confondues – se retrouve réduit à son socle, à un substrat caché, à ses trésors enfouis.

À l'époque du roi Léopold, il n'y a pas que les chasseurs d'ivoire et les récolteurs de latex à écumer ses forêts. Dans la foulée arrivent des prospecteurs, des géologues, puis des compagnies minières. La terre regorge de cobalt, d'or, de cuivre, de manganèse, de tungstène, d'étain, de colombo-tantalite. Ce n'est plus une entité géographique et humaine, mais un tableau périodique des éléments, une longue suite de corps simples aux noms compliqués. Partout, dans les provinces du Katanga, du Kivu ou du Kasaï, on tamise, on fore, on creuse. Les pépites que l'on extrait déchaînent des ruées, des fièvres et bien d'autres troubles. Le pillage du Congo n'en finit plus. La richesse de ses sols est inversement proportionnelle à la misère de ses habitants. On appelle ça le « paradoxe de l'abondance ». Cela n'a rien de paradoxal. Un pays pâtit d'autant plus de la prédation qu'il est mieux doté par la nature.

C'est cette mise à sac que j'avais essayé de raconter lors de mon excursion dans l'est du Congo, des années auparavant. Bisié constituait alors l'un des épicentres d'une guerre oubliée. Ses collines pelées, aux flancs raboteux et troués, recelait – et recèle toujours – un minerai étroitement associé à notre modernité : l'oxyde d'étain. Un métal que l'on retrouve partout, dans nos téléphones, nos voitures, nos ordinateurs, nos téléviseurs, à l'état de gouttelettes étincelantes sur des circuits imprimés. Un élément à la fois vital et sans importance, omniprésent et invisible, caché derrière une mosaïque de puces, de diodes et de microprocesseurs, à l'image d'une société connectée et en même temps indifférente à autrui.

Des combattants aux obédiences incertaines étaient les maîtres des lieux. Ici, ils tuaient pour de l'étain, ailleurs pour de l'or ou du coltan. Les groupes armés qui semaient la terreur dans la région se disputaient moins des territoires que des carrés miniers. Leurs victoires se mesuraient en tonnes extraites et non en mètres carrés conquis. À chacun son gisement et son armée d'esclaves. Bisié attirait des milliers de crève-la-faim, des paysans sans terre, des trimardeurs vivant de petits travaux, des chômeurs, des clochards et des gamins à l'abandon qui rêvaient de trésors, eux aussi. Je ne sais pas comment les désigner. Pour prétendre au statut de mineurs de fond, il leur aurait fallu des vêtements, un casque, des pics, des berlines, des poutres, des madriers, des machines, quelque chose qui ressemble à une organisation. Ils n'avaient que leurs muscles, une masse, un burin, des bottes en caoutchouc aussi fines que des gants de ménage et une lampe torche fixée par un bandeau au milieu du front. Ce n'étaient que des creuseurs, des chasseurs de mirage. Leur ruée vers l'étain ne menait à rien. La caillasse qu'ils arrachaient aux entrailles de la terre n'enrichissait que leurs gardiens, quelques marchands, divers intermédiaires, des fondeurs asiatiques et, tout au bout de la chaîne, des entreprises mondialisées.

Je devrais peut-être écrire tout cela au présent car je crains que, depuis mon séjour à Bisié, rien n'ait vraiment changé. À l'époque, je voulais relier cette guerre et ses innombrables victimes à notre vie quotidienne, en reconstituant le cheminement du minerai de cette trouée dans la forêt jusqu'aux géants de l'électronique. J'avais remonté sa trace, comme on suit un petit caillou, à travers plusieurs continents.

Mon long périple débutait au fond d'un puits, choisi au hasard parmi des dizaines d'autres. Le boyau, creusé à mains nues et étayé avec de simples branchages, descendait à pic. Il y régnait une atmosphère humide et étouffante. Ses parois suintaient. Le sol vibrait à chaque coup de marteau. La mine était comme un corps vivant, mou et chaud, un ventre secoué, avec une régularité métronomique, par de sourdes convulsions. Elle avait déjà englouti des dizaines, peut-être même des centaines, de creuseurs – il n'existait aucun décompte précis, ni d'autorité pour le tenir. Je m'étais arrêté à mi-chemin. Au-dessous de moi, d'infimes éclats scintillaient, pareils à un champ de lucioles. Je devais être à une cinquantaine de mètres du front de taille, un large cul-de-sac où œuvrait une escouade de troglodytes. Pris de panique, j'avais fait marche arrière. Mes semelles glissaient dans la glaise en escaladant la pente. Dans mon empressement, j'avais perdu mon stylo. J'étais ressorti en courant, dégoulinant de sueur, les yeux aveuglés par le soleil.

Ici aussi, je suis pressé de remonter à la surface. Dans mon sous sol niveau -1, je ne risque pourtant pas de mourir écrasé sous des gravats. Des blocs de béton me protègent. J'évolue dans un univers carré, aseptisé, à hygrométrie basse et température constante, doté d'alarmes et de divers dispositifs de surveillance sur lesquels il est préférable, sans doute, de ne pas s'étendre. J'ai beau ne croiser personne, je ne me sens jamais seul avec toutes ces caméras fixées sous les frises ou aux linteaux des portes. J'imagine qu'il y a bien, de temps en temps, quelqu'un qui me suit derrière son écran. Est-ce à cause de ces yeux espions ? Je me comporte exactement comme si un gardien épiait mes faits et gestes. Douze heures sous surveillance. À peu près le temps d'une garde à vue.

Surtout, n'enfreindre aucune règle. Je ne souhaite pas voir ma détention prolongée. Je respecte les distances et ne touche à rien. Je ne chante pas à tue-tête. Je ne m'allonge pas sur le sol. Je n'enjambe pas la barrière métallique pour aller chatouiller les moustaches d'un général d'empire. Je reste muet, les bras ballants, et je commence à fatiguer. Je ne vais pas passer la nuit face à ces hommes de marbre jetés aux encombrants. Car il s'agit bien d'un dépotoir, non pas d'un « centre d'enfouissement technique », comme on dit dans le jargon administratif, mais plutôt de ce que l'Église catholique appelle une décharge de conscience lorsque, dans le secret de la confession, les fidèles avouent leurs péchés les plus intimes. J'étouffe dans ce souterrain saturé de honte. Soudain, je veux déambuler dans des salles spacieuses et admirer des statues qui ne se cachent pas. Des œuvres à l'honneur, non en disgrâce.

*

Les créatures qui peuplent la grande galerie ne cherchent pas à se dissimuler. Au contraire, elles plastronnent. Elles s'étalent partout, derrière, devant, à gauche, à droite. Au lieu d'être enfermées dans leurs vitrines, elles sont juchées dessus. Elles surgissent l'une après l'autre dans le faisceau de ma torche miniature comme les vedettes d'un cirque jetées sous les projecteurs. Elles me dominent avec leurs gueules ouvertes et leurs corps sur le qui-vive. Ces gargouilles en saillie déversent sur moi un regard affamé. Un lynx aux oreilles lucifériennes, la patte en l'air, fait mine de m'attaquer. Posée en équilibre sur son perchoir, une lionne, les reins cambrés, les crocs découverts, se tient en avant, prête à bondir, tandis qu'un de ses congénères à la crinière abondante rugit dans les ténèbres. D'autres félins au mufle luisant sont postés en embuscade. Ici un guépard, là une genette ou un serval. Ils me narguent depuis leurs éminences respectives en guettant leur tour. Je recule, bute contre une estrade et manque d'être avalé par un hippopotame à la mâchoire béante. En face, un léopard ignore le visiteur que je suis, trop occupé à dévorer une antilope. Étalé sur une espèce de ring, il écrase sa proie couchée sur le flanc, la prend à la gorge et la lacère de ses griffes. Tordue en deux, sa victime pousse le réalisme jusqu'à tirer la langue et tourner de l'œil. Des taches rouges perlent sur sa toison couleur châtaigne. Il est minuit passé. Je me fais la réflexion que nous sommes mercredi, jour des enfants. J'entends déjà leurs cris devant ce simulacre de violence et d'hémoglobine : Bambi est mort.

Un buffle, apparu au détour d'une allée, retrousse ses babines bordées de rose et pointe ses cornes tranchantes. Un tapir se blottit dans un coin, l'air épouvanté. Un cochon efflanqué braque son groin oblong sur une termitière géante comme on renifle une cocotte. Un chacal aux dents froides rôde le long du plafond. J'explore, pas à pas, une jungle ordonnée, soumise à une même mise en scène : en haut, les fauves ; en bas, le gibier – dont je fais apparemment partie. L'aristocratie animale sur ses colonnes de verre. La plèbe au ras du sol. Toutes ces bêtes momifiées, suspendues dans une immobilité vibrante, ont en commun d'inspirer la pitié ou la terreur. Elles forment une harde effrayante. Elles dépeignent un monde féroce, un monde de prédation où chacun est destiné à manger ou à être mangé.

Une lueur perce entre ces quadrupèdes enveloppés de noir. Au fond de la pièce scintille un aquarium semblable à ceux qui ornent l'entrée des restaurants chinois afin d'y apporter succès et richesse. Je me demande si ce bocal baigné d'une lumière verdâtre fait office, lui aussi, de porte-bonheur. Un monticule rocheux, des algues, un fouillis de petites bulles, un léger bruit de moteur. Pas d'occupant visible. En me penchant contre la vitre, j'aperçois un minuscule poisson-chat qui entre à reculons dans son trou. Effarouché à son tour, un autre fretin non identifié décolle du gravier, remonte en flèche à la surface, puis, faute de pouvoir aller plus loin, redescend en spirale. Ces deux-là tranchent avec les monstres qui nous entourent, même si leur petitesse ne garantit pas des relations plus harmonieuses. Leurs mouvements saccadés exercent sur moi un effet hypnotique. Je les salue. Pour la première fois depuis le début de mon périple, j'entends ma bouche proférer un son. Je leur parle. Je ne sais plus ce que je leur dis exactement. Je tarde à les quitter. Nous sommes les seuls êtres vivants du musée. Le reste est figé pour l'éternité.

La taxidermie, nous dit-on, accorde une seconde existence à ses sujets. Elle prétend les ressusciter ou, mieux, les rendre immortels, non pas inaltérables, mais capables de renaître à volonté. Elle leur redonne un regard, deux yeux noirs qui ne cillent jamais, et une contenance. Elle les montre en action, elle les transforme en un geste. En statues animées. Elle les saisit toujours en mouvement ou plutôt nerveux, les traits crispés, les muscles tendus vers un but et touche ainsi une vérité universelle. Les animaux sont des êtres constamment aux aguets. Leur rapport au monde est placé sous le sceau de l'inquiétude et c'est là un trait de caractère que nous avons, eux et moi, en commun.

Peut-être est-ce le lieu qui me donne des idées sombres ? Je ne vois que des fourrures déposées sur des cintres. Tout ce qui m'entoure a été écharné, disséqué, éviscéré, ou alors crucifié sur du liège, le ventre à découvert, les ailes écartelées. Les empailleurs ne sont pas des magiciens. Ils ne possèdent aucun pouvoir démiurgique. Ils ne célèbrent pas la vie. Ils jouent avec la mort. On comprend pourquoi ils fascinent tant les artistes plasticiens. Annette Messager et ses moineaux montés sur des roulettes, Maurizio Cattelan et son cheval suspendu, Damien Hirst et son requin coupé en deux. Comme eux, ils érigent des figures de douleur, ils sculptent des cris, des êtres fendus, des corps souffrants, des danses macabres.

Les cartouches qui accompagnent ces *memento mori* n'invitent pas davantage à l'optimisme. À chaque fois, le même avertissement : le jacana ? « En danger d'extinction. » L'outarde ? Même verdict. Idem pour le ganga cata, le guépard, le crocodile du Nil, le jabiru, le chacal à chabraque, l'aigrette ardoisée, le grand-duc, la vipère de Namibie, l'okapi, le gorille, l'aigle pêcheur, le pangolin... tous sont menacés d'anéantissement. Certains ne subsistent qu'à l'état de fossiles. Ce ne sont plus des dépouilles mais des monuments, des stèles élevées à la mémoire d'espèces déjà éteintes. Je parcours un chantier de fouille, la surface émergée d'un continent disparu.

Tervuren ne donne à voir qu'une infime partie de sa collection de sciences naturelles qui est, nous dit-on, l'une des plus grandes au monde. Ses caves – encore elles, non pas celles que j'ai arpentées, mais d'autres inaccessibles au public, qui courent sur des kilomètres de part et d'autre du palais – regorgent de crânes, de peaux, de squelettes en vrac, de bocaux remplis de matières flasques et translucides baignant dans le formol, de marionnettes désarticulées, de peluches dégarnies. Une montagne d'os, de plumes, de cornes, de carapaces, de tissus morts. Au total, dix millions de spécimens, entassés dans l'obscurité, derrière des portes étanches, classés par familles, dont six millions d'insectes, un million de poissons, 150 000 oiseaux, 88 000 rongeurs, 41 000 reptiles, 18 500 chauves-souris,

10 500 primates. Dix millions d'êtres gigantesques ou minuscules tirés à la carabine, pêchés, attrapés dans un filet ou ramassés à la main. Pourquoi autant ? Comment expliquer cette frénésie, cette fureur meurtrière ? À quoi bon conserver cent, vingt ou dix modèles d'une même espèce alors qu'un seul exemplaire suffirait au bonheur du public ?

Les naturalistes, c'est bien connu, sont des accumulateurs compulsifs. Ils prétendent à une impossible exhaustivité qui les conduit à vouloir toujours plus. En 1909, le président américain Theodore Roosevelt vient de terminer son second mandat à la Maison Blanche. Pour se changer les idées, il part au Congo à la tête d'une expédition à but scientifique. Il en revient avec 11 400 animaux destinés au Natural Museum de Washington. Il clame avoir descendu avec sa Winchester dix-sept lions, vingt rhinocéros, onze éléphants et quatre crocodiles. À cette échelle, il ne s'agit plus d'échantillons collectés à des fins savantes mais d'un massacre.

Les amas organiques qui se décomposent lentement dans les sous-sols de Tervuren équivalent aux armes ravies par les Romains à leurs ennemis. Ce sont des trophées, des prises de guerre. Ils ont d'ailleurs été bien souvent légués par des militaires ou des aventuriers à leur retour de brousse. Ils attestent leurs faits de gloire. En langue française, le verbe *chasser* veut dire « expulser ». Cela consiste à évincer l'autre. Dans ces contrées lointaines, la chasse n'est pas qu'un sport de loisir, un moyen de tromper l'ennui – car les occasions de s'amuser sont plutôt rares en pleine jungle –, c'est aussi un instrument de conquête. Le colon ne vient-il pas affronter une nature indomptée ? Sa mission civilisatrice, il la poursuit durant ses temps libres, à coups de chevrotine.

Depuis qu'il a été rénové, le bâtiment n'expose que ses animaux les plus spectaculaires. On le sent bien : ses épouvantails dispersés autour de moi, hors de leurs cages de verre, comme des fugitifs échappés de leur prison, embarrassent. Ils appartiennent à une autre époque, ils oscillent entre le kitsch et le morbide. Ces fétus de paille font peur et sourire à la fois. Les panneaux explicatifs qui les accompagnent témoignent de la même gêne. Il n'est question que de biodiversité, de défense de l'environnement, de déforestation, d'écocide et des moyens d'y remédier. Autrefois, la faune sauvage occupait des salles entières. Elle débordait de partout. Des rhinocéros sortaient des broussailles ; des pélicans blancs, suspendus à des fils, flottaient dans un ciel délavé ; un pique-bœuf picorait le dos d'un buffle ; un impala fuyait devant un lion. Dans une même vitrine cohabitaient des dizaines d'espèces aux noms extraordinaires – zèbre, cercopithèque, bubale de Lelwel, waterbuck, euplecte, calao, oryctérope, sitatunga, phacochère… – qui sonnaient comme des jurons du capitaine Haddock. Encore un emprunt de Hergé à son musée favori ?

Durant ses aventures au Congo, Tintin consacre l'essentiel de son temps à la chasse. Dès sa première halte, il tue quinze antilopes, un peu par erreur, en croyant viser la même cible. « En tout cas, nous voilà assurés de ne pas manquer de viande fraîche ce soir », commente-t-il à la vue de son hécatombe. Dans la foulée, il abat un chimpanzé d'un « chic coup de fusil » et le dépèce. Avec sa dépouille, il se déguise, il se fait singe pour approcher d'autres primates. Il agit de même avec une girafe et, dans sa défroque, part filmer ses semblables. Tintin est un taxidermiste qui s'ignore. Lui aussi excelle dans l'art du dépiautage. Au fil de son safari, il recourt à des méthodes de plus en plus expéditives. Il étouffe un boa, empoisonne un léopard, écrase le crâne d'un buffle à la catapulte, explose un rhinocéros à la dynamite et provoque la mort de dizaines de crocodiles. Hergé, nous dit-on, s'amuse. Il se moque de ses concitoyens qui ont la réputation d'être de piètres tireurs. Milou trouve la blague mauvaise : « Je ne supporte pas ces scènes de carnage », avoue-t-il au moment où son maître canarde un éléphant.

*

Peut-être aurais-je dû choisir un autre endroit où passer la nuit ? J'ai prévu de dormir à l'autre bout de cette ménagerie silencieuse. Mon barda m'attend dans l'ancienne entrée du musée. Je récupère mon sac de couchage glissé derrière un banc en pierre et me débarrasse de mon imperméable encore humide. Je n'ai pas vraiment sommeil, mais, comme après un long voyage, je ressens le besoin de me poser quelque part. Un lit de camp a été déployé à mon intention sous la coupole. Son tablier en cuir noir repose sur six trépieds en inox. Je le recouvre de mon duvet et j'ôte mes chaussures. Je sors de ma besace mon carnet à spirale, un crayon, ainsi que ma petite bouteille d'eau. Un pull-over roulé en boule me sert d'oreiller. Je dépose à côté de moi le Conrad en guise de livre de chevet. Je m'étends sur ma couche. Je prends mes aises comme si je me glissais dans une tente Quechua. Il suffit de pas grand-chose pour se sentir dans un cocon. La lueur de mon téléphone m'entoure d'une sphère jaunâtre, chaude et protectrice. Le calme m'envahit, la nuit s'étire.

Les campements obéissent aux mêmes critères que les chambres d'hôtel : on les préfère avec vue. À défaut d'une fenêtre surplombant la mer, ma couche donne sur une sorte de vaisseau : cinq mètres de haut, sept mètres cinquante de long, quatre pieds gros comme des bouées, deux voiles grises déployées au vent, une centaine de kilos d'ivoire à la proue. Je suis allongé en chien de fusil devant l'un des plus grands éléphants d'Afrique.

Eu égard à son rang et en raison de ses origines, il a été baptisé King Kasaï.

Il porte un titre de film – je vois d'ici les lettres rouges se détacher sur un grand écran, accompagnées d'un bruit de tam-tam et d'un barrissement tonitruant. *Ladies and gentlemen*, puis-je vous présenter l'unique, le gigantesque, le tout-puissant roi de la province du Kasaï ? Je me prépare à bivouaquer avec un colosse, un cousin éloigné de King Kong et de Godzilla, sans doute prêt comme eux à écraser la civilisation d'un coup de talon.

À force de l'observer, je me rends compte que son nom de scène renvoie une fausse image. Campé dans une splendeur inquiète, les oreilles élimées et faseyantes comme une voile mal bordée, la tête basse, les yeux éteints, entourés de cernes sombres, il paraît immensément vieux. Son expression triste recèle je ne sais quelle infirmité secrète. Relégué à l'extrémité de la salle, il tourne le dos au reste de la Création. Il trône à l'écart, loin de tout, dans une solitude absolue, comme s'il ne souhaitait avoir aucun commerce avec quiconque. Sa tête lui pèse. Ses défenses sont trop lourdes. Sa peau sèche et crevassée, pareille à un manteau de boue qui aurait sédimenté, ne le contient plus. Il craque de partout. Il est nu et fragile comme le roi de la fable.

Avant d'être naturalisés, les animaux qui remplissent les musées ont souvent été capturés vivants, puis exposés jusqu'à la fin de leur existence dans des zoos ou des jardins d'acclimatation. Ils s'éteignent derrière des barreaux et renaissent grâce à une armature de bois et de métal. Ce géant n'est pas décédé de mort naturelle. Il a été abattu sur commande. Son destin est lié, lui aussi, à une Exposition universelle, à l'un de ces événements planétaires à mi-chemin entre la pédagogie et le divertissement qui, décidément, jouent un rôle clé dans toute cette histoire.

En 1958, Bruxelles convie une fois de plus les nations du monde à une grande foire dédiée au progrès. Chaque pays est invité à faire étalage de son savoir-faire, de son avancée technique, de son génie industriel ou civil. L'Union soviétique présente la maquette d'un Spoutnik ; les États-Unis expérimentent un cinéma en 3D ; la France montre des trains au diesel et des avions supersoniques ; le Venezuela fait la promotion de son pétrole.

La Belgique reçoit ses hôtes dans un décor futuriste. Sur le plateau du Heysel s'élève une sculpture de cent deux mètres de haut, représentant un cristal de fer. Composé de neuf globes qui brillent comme des boules de Noël au-dessus de la ville, l'Atomium symbolise l'entrée dans l'ère de l'atome. Un avenir radieux – ou apocalyptique, c'est selon – côtoie ce qui appartiendra bientôt au passé. Le royaume a prévu de célébrer une dernière fois sa colonie, selon un dispositif presque identique à celui qu'il avait suivi un demi-siècle plus tôt, avec son village indigène, ses huttes en toit de chaume et sa population cantonnée derrière des barrières. La section du Congo comprend également son inévitable pavillon de la faune sauvage. Là encore, il faut marquer les esprits. Les organisateurs promettent une expérience unique, une plongée dans une nature mystérieuse et des animaux exceptionnels.

Les dioramas qui tapissent le hall d'exposition sont l'œuvre d'un zoologue de Tervuren, Max Poll. Ce spécialiste des vertébrés, connu surtout pour ses recherches sur les poissons d'eau douce, est également un coloriste talentueux. Il a peint lui-même les décors de savane et de forêt équatoriale. On lui doit aussi les mammifères que ses trompe-l'œil mettent en valeur. Il est allé les chercher en personne, deux ans plus tôt, dans les provinces de l'Ituri et du Kasaï. Parti avec deux taxidermistes du musée, Armand Opdenbosch et son adjoint, Louis Poelman, il avait pour mission de ramener « les plus beaux spécimens » qu'ils pouvaient trouver. Sur place, il a recouru aux services d'un chasseur professionnel, un colon issu d'une grande famille belge, réputé pour être une fine gâchette, le chevalier de Boekhat.

Le revoilà, vingt ans après son arrivée au Congo, la peau tannée, racornie comme du vieux cuir, des gens qui vivent tout le temps au grand air, les guiboles couvertes d'égratignures à force de battre les hautes herbes, mais toujours aussi vaillant et solidement armé. Il entretient un véritable arsenal. Outre sa 12 à platines, il dispose d'une 375 Magnum à répétition, avec lunette viseur, d'une Mauser 22 long rifle, et d'une 338 Winchester Magnum. Dans le métier, le chevalier s'est fait un nom. Il tue avec une précision d'horloger et peut marcher quatorze heures de suite dans le plus grand silence. Les autorités font régulièrement appel à lui pour éliminer des animaux dangereux ou réputés tels. Il organise aussi des safaris pour de riches clients qui profitent de sa connaissance du terrain, et, à l'occasion, il ouvre le feu sur quelques bêtes remarquables à la demande du palais de Tervuren.

Comme il convient, Alphonse de Boekhat entraîne l'ichtyologue, ses deux empailleurs et leurs nombreux porteurs dans une réserve, c'est-à-dire un espace réservé à l'usage exclusif de quelques-uns, des Blancs qui, moyennant l'achat d'un permis, ont pris l'habitude de s'en servir comme d'un champ de tir. Des gardes congolais les ont prévenus de la présence dans le domaine de Bushimaie, dans le sud du Kasaï, d'un éléphant de taille imposante. Sans doute ont-ils été alertés à leur tour par quelques villageois inquiets. L'animal est un mâle solitaire. Autant dire un fléau. Dès lors qu'un individu évite ses pairs, il est aussitôt considéré comme dangereux. On le soupçonne d'avoir été banni par les siens à cause d'un comportement déviant, alors que son exil est peut-être volontaire et découle non pas d'un goût de la castagne mais d'un esprit contemplatif. L'être qui se dresse devant moi semble plongé dans une réflexion profonde. Il constituait, sans doute, une cible parfaite. Je parie qu'il a été descendu au cours d'une de ses longues rêveries.

Sa traque dure dix jours. En une nuit, un éléphant peut disparaître sans faire de bruit et traverser un pays. Chaque matin, il faut retrouver sa piste, son empreinte enfoncée dans la terre grasse, l'herbe couchée, les branches brisées qui témoignent de son passage. Aux heures les plus chaudes, il a l'habitude de se réfugier dans la forêt. Le reste du temps, il vagabonde à proximité d'une rivière. Il est grand et massif. Il correspond parfaitement à ce que Max Poll recherche. Il n'a qu'un défaut : il ne possède qu'une défense. Il a dû perdre l'autre en se battant. Il n'est peut-être pas aussi rêveur qu'il en a l'air.

Le chasseur le suit de loin, en l'observant avec ses jumelles de campagne jusqu'au moment où il peut enfin l'approcher sans danger, en marchant dans le sens opposé du vent.

Arrivé à une trentaine de mètres de sa cible, il s'accroupit, met un genou à terre, appuie son épaule contre un arbre afin de ne pas vaciller. Le bord de son bob relevé, l'œil tout entier accaparé par la lunette du fusil, il retient sa respiration, vise la tête, de profil si possible, et tire. Par prudence, il introduit une balle dans la culasse et lâche un deuxième coup de feu. Surpris, éperdu, le pachyderme relève sa trompe, fouette l'air avec ses oreilles, trotte çà et là, puis s'effondre d'un bloc, dans un nuage de poussière, sans proférer le moindre son.

Boekhat, qui vient de tuer son ixième éléphant, doit être, comme souvent, un peu déçu. À l'instar d'un Ernest Hemingway dans *Les Vertes Collines d'Afrique*, il espérait sans doute quelque chose de plus mélodramatique, une charge héroïque, un violent corps à corps, un duel à armes égales, les yeux dans les yeux, conforme à ses quartiers de noblesse. On ne revendique pas un titre de chevalier à la légère.

Quelques années plus tard, dans le chaos qui suivra l'indépendance du Congo, un chevalier de Boekhat – mais est-ce le même ? – va prendre part à la sécession du Katanga à la tête d'un groupe de mercenaires blancs. Financés par de grands intérêts miniers belges, lui et ses hommes entreront dans l'histoire sous un qualificatif bien moins courtois, beaucoup moins chevaleresque. Ils deviendront des soldats perdus et seront surnommés, à cause de leurs tenues débraillées mais aussi de leurs comportements, de leurs motivations à la fois pécuniaires et idéologiques, « les affreux ».

Dans l'immédiat, c'est une bête et non pas un pays qu'il faut dépecer. L'éléphant gît sur le ventre, collé contre un arbre, sa trompe repliée sous lui. Il forme une motte grise, pareille à un rocher de granit, au milieu de la broussaille. Il est mal tombé. Pour être dépiauté, il doit reposer sur le dos. Impossible de le mouvoir, même avec un palan. Il pèse au moins cinq ou six tonnes. On va chercher de l'aide. Cent hommes accourent des villages alentour. Ils le soulèvent avec des cordes et le renversent. Le préparateur peut enfin inciser là où la peau est la plus fine, autour de la bouche et de l'anus. Il procède rapidement avant que la rigidité cadavérique ne fasse son œuvre. Sa lame dessine une croix, remonte vers l'extrémité des pattes, ainsi que sur la face interne de la trompe et de la queue. Il attaque la chair rouge au couteau et débite des quartiers de viande qui serviront de repas du soir. Ensuite, le boucher devient chirurgien.

Il dégage la cage thoracique, puis l'immense boîte crânienne et ses défenses ; il cure les orbites énucléées et le cartilage des oreilles ; il libère les fémurs et les tibias, comme s'il détachait patiemment les pièces d'un puzzle. Le cuir est étiré, savonné, gratté, aminci. C'est un travail long, fastidieux, qui s'étale sur plusieurs jours. Recouverte de sel et de poudre d'alun, la dépouille sèche enfin à l'ombre d'un arbre, sur un tapis d'argile, avant d'être roulée avec soin et déposée dans une caisse de zinc.

La chasse a été bonne. L'expédition regagne la Belgique avec 324 peaux, 357 crânes et 52 squelettes au complet. Les plus beaux trophées sont expédiés en Angleterre et confiés à Rowland Ward, une firme londonienne qui depuis un siècle règne sur la taxidermie. L'atelier de Piccadilly Street doit son succès à son sens de la dramaturgie. Ses compositions s'attachent moins à représenter des bêtes sauvages que la sauvagerie elle-même. Il s'agit de montrer la voracité, la cruauté, la souplesse féline, ou alors la puissance, la pesanteur pachydermique dans un paysage de pacotille censé évoquer le biotope d'origine. Plus que des êtres, Rowland Ward reproduit des scènes.

King Kasaï se tient devant moi, dans une posture classique, la patte postérieure droite en avant, comme s'il marchait. Pourvu de deux nouvelles défenses, il avait été naturalisé à l'ancienne avec de la paille, une charpente, de la pâte à bois et quelques fils de fer. Il a dû être restauré, lui aussi, une dizaine d'années avant le bâtiment qui l'abrite. Sa tête s'affaissait. Son dos se fissurait. Ses oreilles étaient trouées. Il repose maintenant sur un mannequin en polystyrène et un pilier en métal dissimulé dans sa trompe. Son tuyau nasal strié de ridules fait office de cinquième jambe. Sans sa canne, il se casserait en deux.

Je m'apprête à passer le reste de la nuit devant un éléphant qui a été tué pour le bénéfice et l'édification du genre humain, autant dire pour moi et mes semblables. Nous voilà, lui et moi, réduits à nos seules silhouettes, l'un en face de l'autre, comme un voleur et sa victime tombés nez à nez. À quel spectacle muet me convie-t-il ? Celui d'un vieux mâle solitaire ? d'une espèce en voie de disparition ? d'un paria ? d'un être dépossédé de sa suprématie sexuelle et sociale ? Quand je regarde longuement quelqu'un, je finis toujours par m'identifier à lui. Je ne peux pas m'empêcher de lui trouver une vague ressemblance, quelques communes destinées. Au fond, j'appartiens moi aussi à un monde sinon disparu, du moins déclinant. Comment ne pas se sentir vieux à son tour devant cet enchevêtrement de rides racornies ? Ce pachyderme me tend un miroir, certes déformant, à la manière d'une anamorphose, mais qui, en grossissant les moindres détails de ma personne, en les dilatant, agit comme un puissant révélateur. Le résultat n'est pas terrible. Un musée des autres nous informe d'abord sur nous-mêmes.

*

Mon compagnon de chambrée m'invite aussi à dialoguer avec son meurtrier. À le suivre pas à pas, comme le gibier qu'il traque inlassablement. Une trace, c'est quelque chose de fragile, d'éphémère. Une trace témoigne moins d'une présence que d'une absence. Une trace dessine un pointillé entre un être qui a disparu et un autre qui le recherche. Une trace invite à la rêverie. Je ne peux qu'imaginer ce que cet homme a été, à partir de ses quelques écrits consacrés à ses « aventures cynégétiques ».

Pour Alphonse de Boekhat, la chasse représente bien plus qu'un passe-temps. Il peut en parler pendant des heures. Tuer ou être tué. L'éternel dilemme du vivant. On tue, comme on mange ou on respire, assure-t-il avec solennité. En versant le sang, on se borne à appliquer la loi de la nature. On accomplit un acte qui remonte à la nuit des temps. On répond à une nécessité. Un absolu. On est la main de Dieu. Il se voit, parfois, en gardien de l'univers. Il détruit les nuisibles, il élimine les mauvais sujets, il trie, il ordonne. Avec son calibre 12, il veille aux grands équilibres du monde.

À peine savait-il marcher qu'il accompagnait déjà son père aux grandes battues organisées autour du château de Killem. Il rejoignait les traqueurs qui avançaient en ligne et poussait un cri de joie lorsqu'il levait une compagnie de perdreaux en tapant le sol avec son bâton plus haut que lui. À onze ans, il possédait son premier fusil de chasse, un superbe hammerless à double canon et crosse anglaise. Dès qu'il revenait de pension, chaque année, aux vacances, il courait dans sa chambre, en haut de la tour d'angle, pour le retrouver. Il l'exhumait du placard, emmailloté dans un vieux linge, le prenait délicatement dans ses bras, passait un doigt sur le métal des percuteurs, collait sa joue contre le bois vernissé, puis exécutait une série de gestes devenus automatiques. Un claquement sourd, un mouvement de bascule, un coup d'œil sur la culasse et les deux cheminées. Pas de poussière. Prêt à servir.

Alphonse sortait par tous les temps. Il fallait le voir franchir le porche armorié avec son arme en bandoulière, comme s'il partait au front. Il écumait les pâturages et les forêts alentour. Très vite, il apprend à conduire la vieille Ford T pour élargir son champ d'action. Il ne prise guère la chasse à courre avec ses cochets, ses valets, ses piqueurs, ses gardes, ses cuivres, ses tuniques écarlates et sa meute de chiens hurlants. Trop de gens, trop de bruit, trop de clinquant. Il préfère des pratiques plus solitaires. Suivre une piste sans savoir où elle mène, se mouvoir dans le plus grand silence, effacer sa propre odeur, se fondre dans la nature, n'être plus rien sinon un doigt sur la détente, une silhouette mouvante, ou mieux encore, devenir ce que l'on traque, glisser ses pas dans ceux d'un autre, penser, écouter, voir, respirer comme lui. « Tu es cerf », se répète-t-il à lui-même, tel un chamane des temps immémoriaux.

Curieuse impression que de faire corps avec quelqu'un pour mieux le détruire. Avant de procéder à la mise à mort, il prend le temps d'observer sa proie. Il est toujours frappé par son air pénétré, son attention extrême.

Tendu dans une immobilité héraldique, l'animal semble accepter son sort. Alphonse aurait voulu le voir réagir. Il ne comprenait pas pourquoi il restait là, sans bouger. Il le tenait dans sa ligne de mire et se sentait tout-puissant. Dans l'ivresse, il ratait sa cible. Il n'avait pas encore le geste sûr et contrôlait mal ses émotions. Ce n'était qu'un gamin. Alors, il tirait des salves furieuses. Son père lui avait pourtant appris à être économe. « La chasse, lui disait-il, c'est l'inverse de la sauvagerie, cela suppose de l'habileté, de l'élégance. » Mais il ne supportait pas l'idée de revenir bredouille. Il poursuivait sa course jusqu'à l'épuisement. À force, il finissait toujours par dégoter une loutre, un blaireau ou, avec de la chance, un chevreuil. C'était un têtu. Le genre taiseux et pugnace.

Vaincre ou mourir. Peut-être jouait-il à la guerre, le dos courbé, ses godillots enfoncés dans la gadoue, traquant un ennemi invisible. Durant ses longues virées, pensait-il à tous ceux dont on lui rabâchait les exploits ? À son cousin tué d'une balle dans la tête, dès le début des combats, en août 1914 ? À son frère aîné fauché par un obus, un mois avant l'armistice ? À son aïeul à moustache enseveli sous un tertre de terre, au cœur de la jungle ?

Son château en brique rose s'apparentait à un monument aux morts. À la veille de la Toussaint, le vestibule exhalait une odeur fade de chrysanthèmes. L'immense fratrie ne cessait de rétrécir. Aux martyrs des tranchées s'ajoutaient les enfants emportés en bas âge. Les autres, les survivants, grandissaient dans le culte du sacrifice et la ferveur religieuse. La mère d'Alphonse, toujours en grand deuil, passait ses journées à réciter son bréviaire. L'une de ses sœurs portait le voile noir et blanc des carmélites. Une autre, qui, bien plus tard, rejoindra l'une des congrégations les plus sélectes du pays, imposait déjà autour d'elle une discipline quasi monastique. Une tante, prévôte dans un couvent bruxellois, montrait l'exemple. Tout ça était sombre, triste, pesant. Sur ses chemins boueux, le garçon cherchait un peu de lumière et de frisson.

Quand il revenait à la nuit tombée, fumant, crotté, couvert d'éraflures, les pieds humides, il allait aussitôt déposer à l'office sa prise sanguinolente. Faute de pouvoir combattre, il collectionnait les trophées. Les Boekhat ne possédaient pas des armures rouillées ou d'antiques bannières. Leur appartenance à l'aristocratie s'affichait sur les murs, à travers des gravures de vénerie, des trompes cuivrées, des têtes de cerfs et des hures de sangliers. Dans un monde en pleine mutation, la chasse était tout ce qui subsistait de l'ordre ancien. Mais Alphonse le savait : son ultime privilège était menacé. Les villes devenaient trop grandes, les taxes trop lourdes. Coupée par une nationale au nord, rognée par un lotissement au sud, la terre, inexorablement, se morcelait autour de lui.

Le garçon se trouvait de plus en plus à l'étroit dans son domaine cloisonné de haies. Aller chez un voisin mieux doté ? Il détestait partager ses lots avec d'autres adjudicataires et, à dire vrai, il n'aimait pas trop chasser en forêt. On ne peut pas se mouvoir facilement dans des taillis touffus. Pris dans des enchevêtrements de fûts et de branches, on manque de recul, on ne voit pas à quelques mètres devant soi. Il préférait évoluer à découvert, dans des plaines. Là, au moins, il était à son aise pour exécuter ses tirs à longue portée. Avant même la mort de son père et la vente du château, il songeait à partir. Il désirait de l'espace, de la liberté. Rien ne le retenait. Il était le dixième et dernier enfant. Pas de fiancée, tout juste quelques flirts sans importance, des études vite expediées, aucune vocation particulière, pas de charge, ni de sinécure en vue. De l'autre côté du globe, il pourrait assouvir sa passion et maintenir son rang. Personne ne s'y opposa, tant son départ paraissait naturel.

Un colon, a fortiori s'il accepte de s'établir dans un lieu reculé, reçoit l'assurance non pas tant de faire fortune que de devenir quelqu'un. Seul ou presque, parmi une population autochtone maintenue dans un état d'infériorité absolue, il est comme un père entouré d'enfants. Un père cruel, tyrannique, chicaneur, abusif, ou alors généreux, attentif, bienveillant. La condition de l'homme blanc en Afrique permet d'être davantage que soi-même. D'incarner un empire, une civilisation, un dieu. De ce fait, le Congo attire beaucoup de gens d'origine modeste en quête d'argent, de galon social, de pouvoir symbolique. On y retrouve aussi des nobliaux, généralement fauchés, des cadets sans avenir, des fils de famille éloignés à la suite de quelque peccadille et des croisés modernes à la recherche de gloire et d'aventures. Le chevalier de Boekhat se réclame de Léopold II. Lorsqu'on lui demande pourquoi il a décidé de vivre sous les tropiques, ce fervent royaliste, volontiers grandiloquent dès qu'il mentionne une tête couronnée, déclare vouloir poursuivre l'« œuvre visionnaire » de l'« immense monarque ».

Au moment où il entraîne Max Poll sur la piste de son pachyderme, il réside depuis plus de vingt ans dans le sud du Kasaï. Sa propriété, construite au sommet d'une colline, comprend une villa entourée d'une véranda en bois, ainsi que des communs et des dépendances ajoutés au fil des ans. Il travaille pour la Forminière, l'une des plus grandes sociétés au monde d'extraction de diamants. Lui-même ne prospecte pas. Il s'occupe d'élevage. Il règne sur des milliers de bovins qu'il fait venir d'Angola et du Dahomey. Chaque semaine, il approvisionne en viande les sites miniers. Le reste du temps, il chasse. Il sillonne la savane avec ses « gens », son « équipage », comme il dit. Il dispose d'une armée de guides, de pisteurs, de porteurs, de rabatteurs. Lors de battues, il peut mobiliser des villages entiers. Au centre de l'Afrique, il a reconstitué une petite seigneurie, certes dépourvue d'eau courante et éclairée à la lampe à pétrole, mais dont il est le maître incontesté.

Depuis l'adolescence, il tient un livre de chasse. Il répertorie les moindres créatures qu'il trucide. Son calepin comptabilise déjà soixante mille pièces de gibier. Il peut parcourir des centaines de kilomètres pour ajouter à son palmarès telle ou telle variété d'antilope au nom alambiqué. Un céphalophe de Maxwell, un cobe rédunca, ou mieux encore, un oréotrague sauteur. En général, il tue les mâles et épargne les femelles. Il réserve ses saillies aux individus les plus beaux, les plus forts, les plus agressifs. Comme tout le monde, il lui arrive d'excéder ses quotas, mais dans l'ensemble il obéit aux règles. Lui, un prédateur ? L'accusation le fait bondir. Il ne menace pas l'existence des espèces, il les régule. Il ne détruit pas, il darwinise. Le danger, proclame-t-il, vient des autres, de ceux qui chassent sans permis, sans discernement, qui pénètrent dans les bois en ayant un « comportement de sauvages », c'est-à-dire les autochtones transformés en braconniers sur leurs propres terres, désignés comme les ennemis d'une nature qu'ils préservaient depuis des millénaires.

Boekhat est partout présent autour de moi. À travers son tableau de chasse et ses rêves défunts. Le musée lui doit sa girafe, dont j'aperçois le cou démesuré, son buffle noir des savanes aux proportions tout aussi exceptionnelles, son antilope sanguinolente. Et bien d'autres dépouilles entassées dans les souterrains. Autrefois, l'homme faisait même une brève incursion parmi ses œuvres. Je le cherche des yeux, mais je ne le vois pas. Le film en noir et blanc relatant sa fameuse expédition de 1956, qui défilait sur un petit écran encastré au pied de King Kasaï, accompagné d'un commentaire aux accents de l'époque, au ton nasillard et enthousiaste des vieilles actualités cinématographiques, et, de ce fait, jugé sans doute un peu désuet par les nouveaux maîtres des lieux, a disparu du présentoir. Dans mon souvenir, Boekhat avait placé sa carabine bien en évidence, sur le flanc de l'éléphant. Lui-même posait accroupi, à la façon d'un sportif, en short, tête nue, malgré le soleil écrasant, aux côtés de sa prise titanesque. Sous sa moustache noire, il souriait.

*

Un bruit de cor de chasse me fait sursauter. Je regarde derrière moi. La sonnerie provient de l'autre aile du palais. Je me crois un instant dans un film de Tim Burton. Je m'attends à voir surgir une meute de chiens, suivie du squelette de Léopold monté sur un cheval fou, tel un cavalier de l'Apocalypse. Ou peut-être Boekhat et ses fauves. Rien ne bouge, à part un écran muet sur lequel défilent des photos aux couleurs vives : des tours de verre, un bidonville, la courbe d'un fleuve, une plateforme pétrolière, un porte-conteneurs, un champ d'arachide. L'Afrique résumée en quelques cartes postales.

Au son du cuivre succède un vague murmure, entrecoupé de légers froissements. Je soupçonne un esprit frappeur. Avec tous les fantômes qui hantent Tervuren, cela n'aurait rien d'étonnant. Je les imagine dans la salle voisine en train de déplacer des meubles et de danser la sarabande. Il paraît qu'il est possible de cohabiter sous un même toit avec des revenants à condition de convenir d'une forme de contrat de colocation. Je crains de manquer de temps pour en discuter les termes. Je ne leur demande que de rester discrets et de tolérer ma présence encore quelques heures.

La rumeur semble de moins en moins lointaine. D'un flot jusque-là inaudible, des mots se détachent et déboulent sur moi sans prévenir. Je crois discerner la plainte d'un enfant. Je frissonne en l'entendant dire, soudain, d'une façon bien distincte, en détachant chaque syllabe : « *A lot of people died!* »

Est-ce un appel au secours ? Difficile de somnoler dans ces conditions. Je quitte ma ouate protectrice, me lève avec réticence, pose un pied nu sur le sol, soulève le talon sous le froid du marbre. L'éclat du portable fore devant moi une voie étroite. D'un pas plus assuré, je traverse la rotonde et contourne l'écran plat. Je perçois maintenant des marmonnements d'adultes et, en arrière-fond, un gazouillis d'oiseaux. Le bruit redevenu confus se mêle au battement de la pluie contre les carreaux. Au-dehors, la tempête se déchaîne.

Un musée, c'est comme un tour-opérateur. Il organise votre voyage. Il établit un itinéraire et le programme qui va avec. Après la promenade guidée et avant le retour à l'hôtel, je n'échappe pas à la présentation de produits locaux. Je déambule entre diverses denrées qui, comme on dit, font la spécialité du pays. Une nasse de pêche en forme de long entonnoir, utilisée par les Wagenias, les riverains des cataractes connues anciennement sous le nom de Stanley Falls, est suspendue au plafond. À ses côtés repose une de ces grosses trottinettes artisanales, appelées *tshukudus*, que j'avais croisées sur les pistes en latérite du Kivu. En face, un meuble à rayonnages, semblable à une bibliothèque, aligne des échantillons de bois débités au format in-quarto.

Je slalome entre des essences d'arbres précieuses, des lianes sinueuses d'hévéas, des graines de café et de cacao, l'esprit de nouveau apaisé, bien au sec, à l'abri des éléments, sans plus prêter l'oreille aux poltergeists de la maison, jusqu'au moment où, en revenant sur mes pas, l'œil attiré par quelques vieilleries entassées dans un coin, je tombe sur Léopold.

Il est tout blanc, d'un blanc spectral, taillé en hermès. Passé la surprise, je reconnais son buste en ivoire qui autrefois accueillait les visiteurs sous la coupole. Privé de son socle, pour ainsi dire détrôné, il jouxte des artefacts faits de la même substance dure, compacte, quelque peu élimés par le temps, imprégnés de la même grandeur surannée. La vitrine expose une matière – l'ivoire – à travers ses multiples usages exhumés d'un grenier de grand-mère. Un chausse-pied, des coquetiers, des ronds de serviette, un coupe-papier, un bougeoir, des boules de billard, une brosse à cheveux, et au milieu de ce bric-à-brac de brocanteur, un roi avec sa barbe et ses médailles. Léopold II n'est plus qu'un bibelot parmi d'autres.

Un peu plus loin, une plaque lumineuse vante le barrage hydraulique d'Inga, un ouvrage quasiment à l'arrêt, faute de pièces de rechange. « Le Congo dispose de ressources considérables, mais les Congolais n'en profitent pas », lit-on d'entrée de jeu. Pour expliquer ce fameux paradoxe, la galerie invoque un problème de « gouvernance », sans fournir plus de détails. Sur les cartels, il n'est question que d'économie. D'échanges, de transport, de bonne gestion, de matières premières déclinées en biens manufacturés, de John Boyd Dunlop, l'inventeur du pneumatique. Une modernité en Technicolor succède à la sauvagerie. Après avoir affronté la jungle et ses bêtes féroces, je parcours à présent un monde domestiqué. Je suis dans une foire commerciale. Je chemine entre ses rayons et ses articles en réclame : caoutchouc, bois, ivoire, cacao, café. Mais dans quelles conditions ont-ils été récoltés ? Et à quel prix ? J'admire des marchandises sorties d'usine, situées dans un pur présent, vierges de tout passé, immaculées, pour ainsi dire, lavées de leurs crimes. On y chercherait en vain la moindre poussière. Elles doivent être époussetées régulièrement par le personnel d'entretien.

Le cabinet de minéralogie qui prolonge en angle droit la salle consacrée aux ressources procède de la même opération de blanchiment. Des roches éclatantes, cristallines, d'une variété infinie de couleurs allant du rose pâle au vert émeraude, épinglées d'un nom latin et d'une formule chimique, miroitent sous leurs verrières. Les plus belles, éclairées par des diodes électroluminescentes, occupent le centre de la pièce. Adossées au mur dans l'obscurité, d'autres pierres, tout aussi rares et encore plus convoitées, se suivent sous le halo de ma lampe. Je discerne, dans le tas, des fragments d'oxyde d'étain et de coltan aux reflets rouille et grisâtres. Ils proviennent des provinces du Kivu et du Maniema. Pas un mot sur les guerres qu'ils génèrent.

« *A lot of people died!* » Quand quelque chose reste enfoui dans le silence, il y a toujours une parole qui émerge. Elle monte d'un box situé au fond du hall. À l'intérieur, un écran, un projecteur, un banc pour s'asseoir. Le film vient de reprendre, précédé de son coup du clairon qui me glace le sang. Il doit se réenclencher automatiquement toutes les quinze ou trente minutes. Je mets du temps à comprendre de quoi il traite. Les images montrent des prisonniers vêtus de rose et des survivants au regard brisé. Encore des âmes errantes. Le gamin, dont la voix résonne dans la nuit, parle du Rwanda, et non, comme je le croyais, du Congo. *Beaucoup de gens sont morts.* C'est du génocide des Tutsis qu'il s'agit, mais évoqué par petites touches, avec une infinie précaution, en ménageant les susceptibilités de chacun.

L'histoire arrive à reculons. Pour connaître

celle de l'ivoire et du caoutchouc, il faut s'enfoncer dans l'aile gauche du palais et, avant cela, affronter des monstres. Doit-on y voir une métaphore ? L'espace réservé au passé colonial communique avec la salle dite des crocodiles. Impossible d'aller dans l'un sans passer par l'autre. Les deux gigantesques sauriens qui gardent l'entrée des enfers cohabitent avec d'autres figures d'épouvante : un varan du Nil, un poisson-tigre colossal à la mâchoire préhistorique et des dizaines de créatures translucides recluses dans des bocaux, à l'apparence molle et visqueuse. Conservée en l'état depuis l'inauguration du bâtiment, plongée tout entière dans le formol, cette chambre des horreurs – du moins, est-ce l'impression qu'elle donne quand on la visite de nuit – constitue un musée dans le musée. Par un jeu de mise en abyme, le visiteur se retrouve catapulté un siècle en arrière, fin prêt pour découvrir le Congo de Léopold.

*

Le périmètre consacré à son ancien empire procure un étrange sentiment de vide. En comparaison des autres sections, la partie historique paraît à la fois étriquée et dégarnie.

Plus qu'à voir, elle donne à lire, ou plutôt à déchiffrer. De longues explications imprimées en caractères minuscules, semblables aux codicilles énumérant des conditions suspensives en bas d'un contrat, de vieilles archives couvertes d'une écriture appliquée avec des volutes, des pleins et des déliés, du gris partout, à rebuter les plus curieux. De prime abord, rien de saillant. Aucune aspérité susceptible d'accrocher le regard. Les objets, disséminés ici et là, ne font que souligner, par leur espacement et leur rareté, le caractère lacunaire de l'ensemble. On se dit qu'il y manque des choses. On y guette en vain les marques d'une absence, comme la trace sombre laissée par le cadre d'un tableau sur un mur ou une auréole à la surface d'une cimaise. Tout est propre, net, dépouillé. Visiblement, on a procédé à un grand nettoyage. Il faut bien faire le tri de temps en temps. Mais pourquoi n'a-t-on rien mis à la place, ou alors si peu ?

Je me souviens bien de ce qu'il y avait avant. Il me serait difficile de dire dans quelle aile du bâtiment je me trouvais, mais je me revois encore en faire le tour au pas de charge. Le musée fermait ses portes et les gardiens me pressaient de partir. C'était une espèce de mémorial assez foutraque, surchargée de reliques. Ses bannières, ses armes, ses uniformes, ses statues racontaient une épopée, non pas la conquête de l'Afrique centrale par une poignée d'aventuriers, mais la victoire de la lumière sur les ténèbres, de la civilisation sur l'esclavage. Tous les hommes de marbre qui allaient finir dans les caves de Tervuren étaient là, étincelants, offerts en modèle aux générations futures.

Le premier d'entre eux, Henry Morton Stanley, avait droit à son buste en ivoire, à l'instar du souverain qu'il avait servi avec tant de zèle. L'explorateur occupait à lui seul une demi-salle. On y montrait sa casquette, sa paire de jumelles, son nécessaire de toilette, son fouet qui claquait sur le dos de ses porteurs, et sa Winchester avec laquelle il taillait son chemin. Stanley était prêt à tout pour avancer. « Il tire sur les nègres comme s'ils étaient des singes », affirmait l'un de ses rivaux, un autre grand voyageur, Richard Francis Burton. « Si nous montrons le moindre signe de faiblesse, ces diables vont perdre la tête et se jeter sur nous », rétorquait l'intéressé. Dans ce fourbi, il y avait même les babioles qui lui servaient de monnaie d'échange. Contre des verroteries, une pièce de tissu, une caisse de fusils, il arrachait à des rois ou des chefs une croix hésitante en bas d'un bout de papier dont ils ne pipaient mot, qui les dépouillait de leurs terres et de leurs pouvoirs.

De tout cela, il ne subsiste que son sextant. Avant de le guider à travers la jungle, l'instrument appartenait au Dr Livingstone, l'explorateur disparu qu'il avait recherché jusqu'aux confins du lac Tanganyika. La fille du bon docteur le lui avait offert en guise de remerciement, à la mort de son père. Le reste ? Disparu. Stanley le Terrible a subi le même sort que les valeureux pionniers à qui il avait ouvert la voie et la mitrailleuse Maxim dont il louait l'efficacité. Le musée ne conserve qu'un modeste reliquaire au sous-sol, niveau -1. On y retrouve certains de ses accessoires et son portrait réalisé au faîte de sa gloire par un studio londonien. Bottes et moustaches astiquées, sanglé de cuir, l'agent du roi des Belges fanfaronne devant une jungle en carton-pâte, avec son fusil sous le bras, flanqué de son boy à tout faire, un jeune garçon torse nu à l'air triste, replié sur lui-même, qu'il avait surnommé Kalulu, son « petit lapin ».

Je tourne dans le noir avec mon carnet et je n'ai pas grand-chose à noter. Outre le sextant de Stanley, la salle contient un bloc de marbre du Parthénon sur lequel Léopold avait fait graver : « Il faut une colonie à la Belgique. » Des mots prophétiques et, en outre, de circonstance, adaptés à leur support. Son auteur n'était à l'époque que prince héritier et déjà à l'affût d'une proie. Il avait chapardé ce morceau de stèle en visitant l'Acropole. Quoi de mieux que le produit d'un vol pour servir de pense-bête à un tel projet ?

Je passe en revue des képis, des casques, des tampons encreurs, un uniforme bleu de la Force publique et, devant ces panoplies fantomatiques, je me dis que je progresse. J'aperçois enfin un fusil réglementaire Albini, ainsi que plusieurs modèles de chicotes, à double lanière en cuir d'hippopotame, qui servaient à punir les indigènes et dont les coups laissaient sur le corps des suppliciés des cicatrices permanentes. J'ai trouvé les armes. Pourquoi donnent-elles l'impression de flotter, de n'être rattachées à rien, comme si, derrière ces fouets et ces pétoires, il n'y avait jamais eu personne ?

Dans cette scène de crime, il manque l'essentiel. Le mobile ? Il est abordé ailleurs et de façon édulcorée. Les suspects ? Ils ont été jetés aux oubliettes. Des preuves, alors ? Elles sont là, mais en tout petit, dispersées sur un moniteur en état de veille. Il faut cliquer dessus.

Est-ce à cause de la fatigue ou de la

semi-obscurité ? Je mets du temps à saisir ce que j'ai devant les yeux. La photographie est ancienne, au sépia pâli, comme délavé. Elle montre deux colons casqués, à la moustache bien taillée, vêtus avec une certaine élégance, l'un portant une veste, l'autre un gilet, qui encadrent trois indigènes couverts d'un pagne. Derrière eux, on aperçoit un bungalow au toit de chaume et au porche ombragé. Ce qui frappe, c'est leurs visages. Les Blancs affichent un air à la fois dur et dédaigneux. Les Noirs semblent inquiets. Ils fixent l'objectif, les mains ballantes, mais je dois me pencher pour le voir et, plus encore, faire un effort mental afin de l'accepter : ces mains ouvertes, livides et raides, qui pendent devant eux, ces morceaux de chair flottant à l'extrémité de leurs bras, ne leur appartiennent pas ; ils les tiennent du bout des doigts ; ils les brandissent comme des trophées.

D'après la légende, il s'agit de gardes, de « sentinelles » ou de « capitas », comme on les appelle. Postés dans les villages, ils forcent les populations à collecter du caoutchouc et exécutent ceux qui ne fournissent pas leur part. Pour chaque cartouche brûlée, ils doivent remettre au comptoir qui les emploie une main droite afin de prouver qu'ils n'ont pas gâché leurs munitions. Parfois, ils en rapportent des paniers entiers. Les deux moustachus, qui se tiennent de part et d'autre, s'assurent que le compte y est. Ils organisent le travail et ordonnent des représailles quand les quotas ne sont pas atteints. Ces hommes plus puissants qu'un despote, pourvus d'un droit de vie ou de mort sur tous les êtres qui les entourent, représentent des intérêts privés. Ce sont des agents de l'Abir, l'Anglo-Belgian India Rubber, une compagnie qui exploite un territoire grand comme trois fois la Belgique, au sud du fleuve Congo.

Le cliché a été pris en 1904 par une Anglaise, Alice Seeley Harris. Installée dans le district de l'équateur avec son mari, elle tient une école et prêche la foi en Jésus-Christ. Cette missionnaire protestante dénonce en vain depuis des années les assassinats, les viols, les incendies de villages perpétrés par les sociétés concessionnaires et leurs milices. Puisque personne ne la croit, elle recourt à l'image. Avec son appareil Kodak, elle consigne le crime.

Ses pièces à conviction sont là sans y être, nichées sur l'écran tactile, réduites à des carrés discrets et prêtes à surgir, une réalité virtuelle à la fois disponible et cachée, le choix de les regarder, de savoir ou pas, étant laissé à la liberté de chacun. Sur l'une d'elles, on voit un vieil homme nommé Nsala. Assis sous la véranda de la mission, les jambes repliées, la tête penchée, il regarde, hébété, une main et un pied gisant sur le plancher. Il vient de les déposer devant Alice Seeley Harris, enveloppés dans une feuille de bananier. Il lui a expliqué qu'il ne produisait pas assez. Il fallait une victime. Les sentinelles s'en sont prises à sa petite-fille, Boali, cinq ans.

Avec le latex, on fabrique des pneus, des bottes, des imperméables, des tuyaux, des joints, des isolants pour les fils électriques. Le monde entier en réclame. L'ivoire disparaissant, Léopold II se rue sur le caoutchouc. Ne pouvant pas tout faire lui-même, il a concédé une partie de son empire à des entreprises dont il demeure le principal actionnaire. En échange, il perçoit la moitié de leurs bénéfices. Les profits explosent. Le Congo devient la colonie la plus lucrative d'Afrique grâce à ses forêts d'hévéas et au travail forcé. Sur le terrain, les agents des compagnies se montrent d'autant plus inflexibles qu'ils touchent une prime indexée sur la production. Sous la canopée, des armées d'esclaves s'agitent avec leurs couteaux. Pendant des semaines, ils incisent de proche en proche troncs et lianes, semant derrière eux des traînées blanchâtres semblables à des cicatrices. *Caoutchouc* signifie « le bois qui pleure ». C'est ainsi que les Indiens du Pérou baptisent sa résine. À la longue, les arbres n'ont plus de larmes. Alors, on oblige les hommes à s'enfoncer encore plus loin dans la forêt et on punit de mort les récalcitrants, on retient leurs femmes et leurs enfants en otages, on tue, on tranche, on brûle.

*

Si Alphonse l'Ancien avait survécu, qu'aurait-il fait ? Serait-il seulement resté dans son étuve, en amont du fleuve ? La plupart des vétérans de la « campagne arabe » rempilent, une fois la guerre terminée. Gratifiés d'un ou deux galons supplémentaires et d'une médaille, ils règnent en maîtres absolus sur d'immenses territoires. Parmi ces nouveaux seigneurs, on retrouve plusieurs compagnons de Boekhat. Le système gravé dans la pellicule par Alice Seeley Harris, ce sont ses frères d'armes qui le mettent en place.

L'un d'eux s'appelle Léon Rom, un fils naturel venu au Congo pour échapper à une vie de tâcheron. Dans ce grand nulle part habité par quelques centaines d'Européens, un type malin et ambitieux monte vite en grade. Parti de rien, le voilà capitaine. Pendant trois ans, il crapahute avec celui qu'il surnomme « le Héron ». Il aime sans doute se moquer de son compagnon à particule et rire de ses grands airs, lui qui a grandi dans un taudis à Mons. Quand l'un combat quelque part, l'autre n'est jamais loin. La victoire acquise, Rom prend le commandement d'un poste reculé, à Kasongo, dans le nord de l'actuelle province du Maniema. En avril 1894, il voit arriver Boekhat, porté sur une litière, décharné, agonisant. Le chevalier meurt le lendemain, quasiment dans ses bras. Quelques jours après, Rom reçoit une nouvelle promotion : il est nommé à la tête des Stanley Falls, la capitale du plus grand district de la colonie.

La suite, c'est un voyageur anglais qui la raconte. Ancien compagnon de Stanley devenu journaliste, Edward James Glave lui rend visite un an plus tard. Le portrait qu'il en brosse dans la revue *Century Magazine* est titré « Cruelty in the Congo Free State ». Léon Rom singe les sultans qu'il pourchassait ou, du moins, tente de correspondre à l'image fantasmée qu'il s'en faisait. Il contraint les villages avoisinants à lui fournir du personnel de maison et des filles pour son harem. Il exige des pêcheurs qu'ils lui livrent du poisson frais. Il réquisitionne leurs pirogues quand bon lui semble. Il prend ce dont il a besoin sans rien donner en échange, à part, parfois, des lambeaux d'étoffe qu'il offre en guise de pourboire. Tout est à lui. Ses maîtresses, ses larbins, ses forêts. Pour satisfaire ses chefs, car il en a aussi, loin en aval du fleuve, il force les habitants à lui ramener de l'ivoire et du caoutchouc. À l'intention de ceux qui lui résistent, il a fait dresser un gibet devant sa porte. Il occupe une grande villa en pierre bâtie par l'un de ses prédécesseurs. Il en prend soin. Des parterres de fleurs bordent le haut lieu de son pouvoir, ainsi qu'une clôture en bois mal taillée. Un crâne est planté sur chacun des pieux. « Vingt et une têtes ont été apportées aux Falls et le capitaine Rom s'en est servi comme décoration », écrit Glave.

Il ne décore pas, il défigure. Il érige des épouvantails autour de lui afin de frapper les esprits. Ce roi de la jungle gouverne par l'épouvante. Son ossuaire répond à un autre motif encore plus effrayant : Léon Rom est un collectionneur. Il pratique la décapitation à titre de passe-temps. Il accumule des crânes humains comme d'autres des timbres-poste. Il étudie leur taille, leur forme, leurs protubérances, leur poids. Il fait partie de ces gens qui proclament la supériorité de l'homme blanc à l'aide d'équerres et de bouts de ficelle. En digne représentant du progrès, il joue au naturaliste amateur. Il s'intéresse aux statuettes et aux objets funéraires. Il en recueille des centaines dont il fera don au palais de Tervuren. À ses moments perdus, il se pique également d'entomologie. Il attrape des papillons avec un filet et les épingle sur du liège, de la même façon qu'il empale des têtes sur des piquets. Il traite les populations dont il a la charge comme des insectes.

Quand Marlow, le héros d'*Au cœur des ténèbres*, arrive au bout du fleuve, il aperçoit sous les fenêtres d'un bâtiment délabré ce qu'il croit être une boule de bois. Il l'examine avec ses jumelles depuis le pont de son bateau et distingue une tête aux paupières closes, frappée d'un perpétuel sourire. Dans les verres embués de sa lorgnette apparaît ce vers quoi tendait tout son voyage, un résumé de tout ce qu'il a vu et entendu. Dressé sur la colline, se tient le « visage effroyable de la vérité ». Monsieur Kurtz, le chef de la station de l'intérieur, l'« homme remarquable » qu'il est venu secourir, s'est transformé en monarque fou et sanguinaire. Un semi-dieu, ivre de sa puissance, entouré d'adorateurs prêts à égorger à son signal. Kurtz est un Léon Rom en plus tourmenté, un Hamlet des tropiques qui, au seuil de la mort, dans un ultime éclat de lucidité, crie ces mots de désespoir : « Horreur ! Horreur ! »

Joseph Conrad n'a pas croisé le capitaine Rom durant son séjour au Congo, mais a dû entendre parler de lui et, plus probablement, lire l'article du *Century Magazine* le concernant. Pour créer son personnage, il s'est sans doute inspiré de plusieurs caractères réels. Kurtz est lui-même un être composite, un touche-à-tout, à la fois collecteur d'ivoire, explorateur, reporter, artiste à ses heures, mi-peintre, mi-musicien. Kurtz, c'est un peu n'importe qui. Agent d'une compagnie belge, porteur d'un nom allemand, d'ascendance française et anglaise, il incarne l'Europe coloniale tout entière. De même, Léon Rom ne peut être considéré comme un cas isolé. Il ne sera jamais sanctionné, alors que les autorités connaissent ses agissements. À son retour au pays, il fréquentera des sociétés savantes et exposera ses théories racistes dans un livre, publié à compte d'auteur, intitulé *Le Nègre du Congo*.

Le seigneur des Falls n'est qu'un précurseur. Les sociétés privées qui lui succèdent reprennent ses méthodes et les généralisent. Les pires sont les agents de l'Abir. Dans leurs rangs figure un certain Boekhat. Un de plus. Il ne s'appelle pas Alphonse mais Louis. Sur sa vie d'avant, on ne sait pas grand-chose, si ce n'est qu'il a grandi dans un château, lui aussi, au lieu-dit de Hoef. Une belle demeure, plus belle encore que celles de Killem ou de Linter, à la façade en escalier, typique de l'architecture flamande, surmontée d'un curieux campanile en forme de tulipe. La bibliothèque abrite des milliers de volumes anciens à la reliure de cuir. Des tableaux de maître ornent le salon vernissé d'encaustique. Baigné par un étang, le jardin recèle des caches, des charmilles et des allées en berceau. Qu'est-ce qui pousse quelqu'un à quitter un paradis pour l'enfer ? Peut-être un esprit de famille.

Il marche sur les traces du preux chevalier de la campagne arabe. Alphonse est son cousin germain. Pourtant, lui ne fait pas la guerre. Il n'a jamais traîné ses guêtres dans une école militaire. Il aligne non pas des troupes, mais des chiffres. Avant d'effectuer son grand saut dans l'inconnu, il était receveur des impôts à Louvain. Il a fui la grisaille. Pas la routine. Il continue de recouvrer des taxes. Ses nouveaux contribuables le paient en nature. Quatre kilos de caoutchouc sec, soit le double à l'état encore humide, par homme et par quinzaine. Il laisse le soin à ses miliciens de punir les contrevenants. Il se contente d'appliquer le règlement, comme il l'a toujours fait.

Toutes les deux semaines, les villageois accourent dans son comptoir établi au bord de la rivière. Il les attend assis en plein soleil, derrière sa table, entouré par des gardes armés de fusils. Sur un geste de sa main, ils avancent à la queue leu leu et déversent le contenu de leurs paniers dans une balance à cadran suspendue à une potence, en guettant son verdict dans le silence et l'effroi. Il évite sans doute de les regarder, préférant consulter ses livres de compte en mâchonnant un Toscano. Des gouttes de sueur perlent sous son casque blanc. Il se tourne vers la sentinelle, qui saisit un morceau de latex et le coupe en deux. Il examine l'entaille propre, uniforme. Satisfait, il pioche un lambeau dans un tas de tissus et le jette en l'air. Le récolteur n'a pas le temps de le ramasser qu'on le pousse avec son tribut vers le séchoir. À la pesée suivante, il fronce les sourcils. Les boules contiennent un peu de terre et des brins d'herbe. Il prononce alors l'un des rares mots en lingala qu'il connaisse, et, dans sa bouche, ça claque comme un coup de feu : « *Pamba !* » Ça ne vaut rien.

Lorsque Louis de Boekhat était arrivé au Congo, l'Abir connaissait son apogée. Il avait l'impression de servir un État puissant et riche, fort d'une quasi-armée et d'une cinquantaine de postes dispersés le long de deux voies navigables. Dès l'année suivante, le déclin commence. Il n'y a pas que la matière première qui se raréfie. La main-d'œuvre vient à manquer. Les champs sont à l'abandon. Il n'y a plus rien à manger. Apportés par les vapeurs qui sillonnent les cours d'eau, les parasites et les virus se propagent sur des corps affaiblis. Quand ils ne sont pas massacrés, les gens meurent de faim ou de maladie. Les survivants se réfugient dans la forêt ou les pays voisins. Les sociétés concessionnaires règnent sur des villages fantômes. Comment oppresser un désert ? Et puis, il y a l'opinion publique, cette chose encore nouvelle qui, pareille au vent, ignore les frontières. Les plus grands écrivains de l'époque l'interpellent. Après Joseph Conrad, c'est le tour de Mark Twain, d'Arthur Conan Doyle, d'Anatole France de dénoncer les atrocités commises au nom du roi des Belges. Des missionnaires protestants organisent des conférences et diffusent les photos d'Alice Seeley Harris dans toute l'Angleterre. Aux États-Unis, le magnat de la presse William Randolph Hearst mobilise ses journaux contre les coupeurs de mains. Confronté à la première campagne humanitaire de l'ère moderne, Léopold se défend comme il peut. Il crie aux mensonges qu'il attribue à des rivalités commerciales, il accuse les marchands de Liverpool d'être à l'origine de la fronde. Il soudoie des journalistes afin d'obtenir des articles favorables. Après la sortie d'un rapport accablant de Roger Casement, le consul britannique à Boma, il doit retirer à l'Abir sa concession. Deux ans plus tard, il cède sa colonie à la Belgique. Louis de Boekhat ne quitte pas le Congo pour autant. Il poursuit sa carrière au sein de l'administration coloniale. Il est d'abord greffier dans un tribunal, puis chargé des postes. Il regagne la métropole un mois avant le début de la guerre de 1914 pour se tuer bêtement, si on peut dire – ce qui supposerait qu'il y ait des morts intelligentes –, de surcroît à la veille d'une gigantesque boucherie, en tombant de son attelage à l'entrée du château familial.

*

Quant à moi, je retrouve mon camp de base. Le premier des animaux m'attend dans sa retraite ombrageuse, avec ses petits yeux en cristal de Bohême, toujours aussi songeur, comme s'il ressassait sa liberté perdue. Mes tapageurs nocturnes m'ont dissuadé d'aller faire un tour du côté des masques et des statues. Assez de fantômes. Je leur rendrai visite à l'aube. À cet instant, je préfère la compagnie de mon lit Picot. Je me glisse dans mon sac de couchage et reprends la lecture d'*Au cœur des ténèbres*. Joseph Conrad a été accusé de conforter les stéréotypes sur l'Afrique, une terre qui, dans l'imaginaire occidental, a toujours été associée à l'épouvante, à la sauvagerie, au vide. À l'obscurité, justement. Mais cette noirceur qu'il explore n'est-elle pas d'abord la nôtre ? Son roman nous encourage à regarder en nous-mêmes, à revisiter notre histoire, à sortir enfin de cette « grande nuit » dans laquelle nous sommes tous enfermés.

Le jour vient de se lever. J'ai dû m'endormir sans m'en rendre compte. Au-dessus de ma tête, des nuages gris défilent à travers la lunette de la coupole. Il ne pleut plus. J'émerge de mon duvet. Il n'y a toujours personne, à part moi et King Kasaï. Des agents d'entretien sont-ils passés durant mon sommeil ? En apercevant ma silhouette emmaillotée sur des tréteaux, ils ont peut-être cru à une nouvelle œuvre d'art, à une installation formée d'un tas de vêtements. J'imagine leur stupeur en découvrant finalement ma présence. Cette perspective me fait penser à l'un des premiers albums de Tintin, quand, au début de *L'Oreille cassée*, un gardien époussette des masques africains, en fredonnant « Toréador, en garde », jusqu'au moment où il laisse tomber son plumeau et part en courant prévenir le conservateur qu'une statuette a disparu. Le voleur s'est, comme moi, laissé enfermer dans le musée et a attendu l'ouverture des portes pour disparaître avec son larcin, le fameux fétiche arumbaya au lobe fendu. De mon côté, je n'ai pris que des notes, plus quelques photos, et je n'envisage pas de prendre la fuite dans l'immédiat. Je regarde ma montre. Je dispose encore de trois bonnes heures avant l'arrivée du public.

J'en profite pour examiner la rotonde qui, autrefois, constituait l'entrée du musée. Même privé de son buste en ivoire, Léopold continue de hanter ce lieu monumental. Son monogramme, composé de deux L tête-bêche, court partout sur le plafond bulbeux. L'étoile qui symbolisait son État privé du Congo tapisse le sol en marbre. Comme si cela ne suffisait pas, quatre statues en bronze doré défendent son héritage. Elles se tiennent debout sur le pourtour, enfoncées dans leur alvéole. Durant la nuit, je ne les avais pas remarquées. Elles étaient d'autant plus invisibles qu'elles sont masquées depuis peu par un rideau. Dans l'obscurité, leur voilage, vaporeux comme du tulle de mariée, les dissimule presque entièrement. À la lumière, elles apparaissent en transparence, nimbées de surnaturel.

Chacune illustre un effet positif de la colonisation. Une Madone, entourée d'enfants dénudés, incarne « la Belgique apportant le bien-être au Congo ». Une Minerve armée d'une épée et d'une bannière protège les populations autochtones représentées par deux gamins. La mère patrie apparaît enfin sous les traits d'un prélat barbu inculquant, cette fois, la « civilisation » à d'autres garçons en pagne. La quatrième sculpture montre une jeune esclave et son petit, nus eux aussi, violentés par un terrible négrier en turban, avant, on l'espère, d'être sauvés par la soldatesque de Léopold.

Elles sont l'œuvre d'Arsène Matton, un sculpteur officiel du début du XXe siècle à qui l'on doit les moulages sur le vif relégués au sous-sol avec les généraux d'empire. Ses allégories à l'esthétique pompier semblaient réunir toutes les conditions requises pour finir, elles aussi, à la cave, mais des arguties juridiques interdisent de les déplacer. Encoignées dans leur niche, à plus de deux mètres du sol, elles sont considérées comme faisant partie des murs et bénéficient par conséquent de la protection accordée à l'ensemble du bâtiment au titre du patrimoine historique.

Dans la clarté du jour, on ne voit qu'elles. Situées à un emplacement stratégique, à la confluence de deux galeries, elles rayonnent au cœur du palais. On ne peut pas les éviter, ni même les ignorer. Massives, rutilantes, elles sont comme un défi aux proclamations de changement. À travers elles, c'est encore Léopold II qui triomphe. Elles veillent sur ses emblèmes. Elles forment les cariatides de son temple. Elles narguent ses contempteurs, elles les écrasent de leur poids et de leur clinquant.

Depuis le début des travaux, les responsables du musée ne savent pas comment s'en débarrasser. Ces statues célèbrent tout ce contre quoi ils prétendent dorénavant lutter. À défaut de les déplacer, ils ont d'abord cru pouvoir les neutraliser. Comment ? Par des ajouts. C'est un moyen comme un autre pour se débarrasser de ce qui gêne. Quand on ne peut pas écarter un importun, on le noie dans la masse. À Tervuren, cela consiste à mettre la pièce litigieuse en vis-à-vis avec une œuvre contemporaine, comme si l'art était un jeu à somme nulle, où les gains et les pertes s'égalisent.

De part et d'autre de la rotonde, deux sculptures récentes, supposées faire contrepoids aux bronzes d'Arsène Matton, se regardent. Côté cour, une tête striée de lamelles et coiffée d'une sorte de palmier dessine les contours du continent africain. Côté jardin, une pièce, travaillée dans la même matière, en bois clair ajouré, évoque un crâne humain. L'artiste congolais Aimé Mpane a dédié son ossature à la mémoire de « Lusinga », chef d'un clan installé sur la rive ouest du lac Tanganyika, qui fut lui aussi décapité par un militaire belge. Le capitaine Rom n'était pas le premier à trancher le cou de ceux qui lui résistaient. Dix ans plus tôt, Émile Storms réservait le même sort à ses victimes. Il en profitait pour prélever quelques spécimens qu'il destinait à la Société d'anthropologie de Bruxelles dont il était un membre éminent. Jusqu'au milieu des années 1960, la tête de Lusinga se trouvait à Tervuren dont Storms avait été l'un des bienfaiteurs. À ce titre, cet officier avait droit à son buste et à sa vitrine dans la salle dite du souvenir.

Deux sculptures contre quatre. J'ai l'impression d'assister à un match de boxe entre des mémoires irréconciliables. D'un côté, les tenants du titre ; de l'autre, les challengers. Le combat s'avère inégal. Le compte n'y est pas. D'où les stores ajoutés dans un deuxième temps afin de répondre aux attaques qui n'ont évidemment pas cessé. Cachez-moi ce que je ne saurais voir. Mais un voile est un accessoire ambivalent qui sert autant à dissimuler qu'à montrer. Un voile, ça se soulève, c'est une invitation à regarder derrière, cela peut se porter autour du cou ou sur la tête, cela protège ou cela enferme, c'est une parure pour les unes et les uns, un repoussoir pour les autres ; ça peut être un symbole religieux, un instrument d'oppression, un signe identitaire, un ornement, un vêtement léger ou un simple écran de fumée. Bref, un voile, c'est complexe.

Sur les tissus sont imprimés des motifs empruntés à la culture africaine ou détournés de l'imagerie coloniale. Le but étant de corriger une représentation par une autre, d'en modifier le sens en y apportant une touche critique, comme si, par un précipité chimique, les deux couches, en se superposant, allaient produire une lecture apaisée de l'histoire. Sauf que ça ne marche pas. Les voilages sont trop légers. Il faut faire un effort pour comprendre ce qu'ils figurent. Leurs lavis, semblables à des pointillés, s'effacent devant les dorures qui, littéralement, crèvent l'écran, illustrant ainsi une règle universelle : ce qui gît au fond remonte toujours à la surface, ce qui est oublié éclate avec violence. En psychanalyse, on appelle ça le retour du refoulé.

Pourtant, l'un des dessins parvient à attirer mon attention. Déployée devant la statue de la Belgique apportant la sécurité à sa colonie, la silhouette d'un militaire coiffé d'un béret et armé d'un fusil apparaît en contre-jour. Le panneau d'information placardé sur le mur indique qu'il s'agit d'« un para-commando belge à Stanleyville en 1964, lors de l'écrasement des rebelles Simba », puis ajoute ce commentaire sibyllin : « L'indépendance formelle du Congo en 1960 est loin d'avoir sonné le glas des interventions étrangères. »

*

Je ne saurais préciser le lieu, ni la date, mais je penche pour la fin de l'été 1960. C'est encore la saison sèche, disons à la mi-journée, lorsque le soleil blafard absorbe les ombres et annihile les distances. Le camion bringuebale dans les ornières en soulevant des nuages de poussière. Une fine pellicule rouge colle au pare-brise. J'imagine notre homme assis à la place du mort, plongé dans des pensées que je ne connaîtrais jamais. Une cigarette aux lèvres, il regarde la piste déserte qui trace une ligne droite à travers de hautes futaies. Il a pris la tête de la colonne. Des broussailles fouettent son bras accoudé à la vitre. Une mitraillette toute neuve, en provenance d'on ne sait où, ballotte entre ses jambes. Son maniement lui est familier. Dans sa vie d'avant, il avait beau n'être qu'un fermier, il entretenait, lui aussi, son petit arsenal, à la fois par prudence et par goût. Ses armes lui ont été volées, comme le reste. Il possédait une vaste plantation de tabac au sud du Congo qui employait des centaines d'ouvriers. Il en a été chassé, quelques semaines auparavant, par des mutins de la Force publique. Comme tout le monde, il a été surpris de voir les gardiens de l'ordre ancien être les premiers à commettre des pillages et des meurtres. Forcément, il doit remâcher le passé et espérer prendre sa revanche. On peut aussi avancer avec une quasi-certitude qu'il voue une haine farouche à Patrice Lumumba, le Premier ministre de cette nouvelle république qui, le jour de l'indépendance, a osé dénoncer les méfaits de la colonisation devant le roi Baudoin, le descendant de Léopold II, avant d'appeler l'Union soviétique à l'aide.

Depuis peu, cet ancien planteur exerce un métier lucratif, mais périlleux et souvent décrié. C'est un mercenaire et pas qu'un peu. Il fait partie des chefs. Il commande une soixantaine de soudards. Dans sa troupe, il y a de tout. De nombreux compatriotes et aussi des Français, des Allemands, des Anglais, des Rhodésiens, des Sud-Africains, pour la plupart des ex-quelque chose au passé agité, ex-colons, missionnaires défroqués, ex-sous-officiers, souvent des vétérans d'Indochine ou d'Algérie qui, en parlant de rebelles quels qu'ils soient, disent les « fellouzes » par habitude ; il y a aussi des nostalgiques du IIIe Reich au crâne rasé qui arborent la croix de fer sur leur chemise kaki. Au total, pas mal d'égarés, de revanchards, de trublions aimant les causes perdues ou simplement guidés par l'appât du gain. Beaucoup ont répondu à une petite annonce comme celle-ci, parue dans un journal régional : « Cherche anciens militaires, jeunes, libres de service, connaissant l'Afrique. Grosse rémunération, très urgent. »

Guère respectueux des grades et des usages, ses hommes l'appellent Boekhat tout court. Non, ce n'est pas Alphonse. Il doit être de dix ou vingt ans plus jeune que le chasseur du Kasaï. De toutes les manières, j'ignore son prénom. Dans les rares articles de presse qui le citent, ou sur les listes dressées par les Nations unies, dénonçant sa présence au Congo, il n'est fait état que de son patronyme, comme si, au terme de cette saga familiale, courant sur près d'un siècle, le dernier des Boekhat résumait tous les autres.

Avec sa bande hirsute, il part combattre les soldats fidèles au gouvernement de Lumumba, quelque part plus au nord. Il touche pour cela 28 000 francs par mois. Son employeur, c'est Moïse Tshombe. Celui-ci préside le Katanga, la province la plus riche du pays, assise sur d'immenses gisements de cobalt, de cuivre et d'uranium. Surnommé « Monsieur Tiroir-Caisse », en raison sans doute de sa rapidité à percevoir de l'argent liquide, il a fait sécession dès le lendemain de l'indépendance du Congo, avec l'appui officieux de la Belgique et, plus encore, de ses sociétés minières. Les personnes en costume-cravate qui orchestrent et financent tout cela, à des milliers de kilomètres de là, ne se préoccupent pas trop des peuples et de leurs droits à disposer d'eux-mêmes. En revanche, elles sont soucieuses de pouvoir disposer de leurs ressources.

Risque-t-on sa vie pour un bassin minier ? Je me plais à croire que le chevalier de Boekhat n'est pas motivé par des affaires de gros sous. Obéit-il alors à des raisons idéologiques ? Rêve-t-il d'un Katanga blanc au cœur de l'Afrique, sur le modèle de la Rhodésie voisine ? Il se voit peut-être en champion du monde libre face à la menace soviétique. Au-delà de ses chimères, de sa rancœur ou de ses intérêts personnels, c'est d'abord un héritage qu'il défend. Dans cette équipée guerrière, il engage non seulement lui-même, mais aussi ce qu'il représente, ce qu'il charrie, son titre, son clan, ses traditions. Il forme avec ses ancêtres une série de poupées russes, parfaitement identiques, qui s'emboîtent les unes dans les autres. Il s'inscrit dans un ensemble sans savoir qu'il est la dernière figurine, la plus petite, la plus insignifiante, celle qui ne s'ouvre pas et ne débouche sur rien. Dans une forme de romantisme morbide, il croit sans doute agir avec bravoure, il pense accomplir quelque chose d'élégant et courtois. Après tout, il fait ce que lui et les siens pratiquent depuis toujours. Il chasse, comme tous les Louis et tous les Alphonse de la famille. Il traque les éléments nuisibles. Il giboie aux communistes. Il courre sus à l'agitateur.

Bientôt, ce sont des Casques bleus qu'il affronte. Les Nations unies ont pour mandat de préserver l'unité du pays et de le débarrasser de ses volontaires étrangers. Boekhat et ses « affreux » font maintenant la guerre à la Terre entière, à des *gurkhas* indiens, à des officiers suédois, à des soldats irlandais. Il voulait prendre part à une action héroïque ? Il n'est qu'un pion dans un jeu qui le dépasse. Il se débat dans un nid d'intrigues. Il évolue au milieu de barbouzes, d'espions et de bandits de grand chemin.

Pendant trois ans, les mercenaires blancs jouent au chat et à la souris avec les forces onusiennes. Au gré des circonstances et des volte-face de leur maître, ils fuient à l'étranger, se font oublier quelque temps, puis resurgissent et recommencent à tuer et piller comme si de rien n'était. Lorsque la sécession du Katanga prend fin, en 1963, ils partent sur d'autres fronts. L'année suivante, après un énième retournement de situation, ils reprennent du service, cette fois du côté de l'armée congolaise. Ils participent même à l'opération lancée par les parachutistes belges sur Stanleyville (aujourd'hui Kisangani) afin de libérer des centaines d'otages occidentaux aux mains d'un groupe rebelle.

Et lui, où est-il ? Il a disparu. Il aurait trouvé refuge au pays de l'apartheid, en Afrique du Sud. Depuis, il se montre discret. Quant aux Boekhat, ils font comme s'il n'avait jamais existé. Ils sont pourtant attachés à tout ce qui a trait à leur nom. Ils entretiennent l'histoire familiale à travers des livres, des conférences et des bulletins, ils ressuscitent de vieilles correspondances, ils mettent en ligne d'antiques avis de mariage, ils se passionnent pour la généalogie et tiennent à jour de grands tableaux d'ascendances et de descendances. Dans ce foisonnement de souvenirs, d'anecdotes, d'hommages, de commémorations diverses, l'ex-mercenaire n'apparaît nulle part.

*

Il jette des yeux exorbités et garde la bouche ouverte, comme si quelque chose d'horrible lui était apparu, ou peut-être est-ce le sentiment qu'il cherche à inspirer à ceux qui l'approchent de trop près et dont il évite le regard, en tournant légèrement la tête, dans un signe de répulsion, de dédain ou d'indifférence. Il n'a pas de bras ou, plutôt, il en a des centaines sous la forme de clous, de pointes, de lames de couteau. Son corps est recouvert de piquants sur lesquels pendent des lambeaux de vêtements, des bracelets de perles, des amulettes, des morceaux de bois, et tout un amas de nœuds et de cordes, pareil à un filet de pêche abandonné sur un quai. Avant d'être emprisonné dans sa vitrine, il était tout-puissant. Il pouvait guérir ceux qui faisaient appel à lui, réaliser leurs souhaits les plus chers, les protéger contre les vents mauvais et frapper leurs ennemis. Chaque fer dont il est meurtri correspond à une souffrance ou à une prière.

Il possède une âme. Il renferme aussi un cœur. Cela peut être un sac ou une boîte, enfoui sous son habit de métal. À l'intérieur, on y trouve des feuilles, des ossements, des graines, des dents, des cheveux, des rognures d'ongles et, bien souvent, du sang séché. C'est cette mixture organique qui bat en lui. Semblable à une charge électrique, elle l'anime et le rend agissant.

Les conquérants portugais l'ont baptisé *feitiço*, « fétiche » en français, un terme péjoratif qui désigne à la fois un objet doué de pouvoirs magiques et une fabrication, un artifice, autant dire un mensonge. Dans la langue parlée de part et d'autre de l'embouchure du Congo, on l'appelle un Nkisi Nkondi. C'est un dieu qui se tient là, devant moi. Un dieu dans son splendide isolement, mais aboulique, dévitalisé, privé de ses moyens. Un dieu mort. Car les dieux meurent aussi. Ce qui faisait sa force, c'était bien sûr la croyance qu'on lui accordait. Sans l'attention qu'on lui prodiguait, sans les regards pleins d'espoir et d'effroi qui se portaient sur lui, sans le martèlement de l'acier sur son corps, il n'est plus qu'un objet de collection parmi d'autres.

Sa statue sommeille dans la salle réservée à l'art africain. La notice précise qu'elle a été « collectée » par A. Delcommune, en 1878, dans la région de Boma. « Volée » serait plus exacte, ou alors « kidnappée ». Pour Alexandre Delcommune, il s'agissait d'une prise de guerre. Ce négociant belge, prêt à tout pour obtenir davantage d'ivoire et de caoutchouc, raconte l'avoir trouvée dans un buisson, à proximité d'un village qu'il venait d'incendier avec ses hommes, lors d'une révolte des rois du Bas-Congo. « Je connaissais ce fétiche depuis longtemps et je savais la réputation très grande dont il jouissait à vingt ou trente lieues à la ronde », écrit-il dans ses mémoires. Il savait surtout qu'en capturant leur idole, il privait les habitants du fleuve de leur cosmogonie, de leur perception du monde et, du même coup, de ce qui les tenait ensemble. Selon les historiens Lancelot Arzel et Daniel Foliard, la perte du Nkisi Nkondi entraîna l'effondrement de l'aristocratie locale.

Les pièces exposées dans l'aile droite du musée sont exceptionnelles. Les masques des Yombes aux visages cireux et émaciés, les coiffes à étages des Yakas, aux longs cheveux en raphia, les statuettes luluwas fragiles comme des brindilles, les boucliers à l'air ébahi des Yelas rivalisent avec les marcheurs de Giacometti, la poésie orphique d'un Delaunay, les portraits oblongs d'un Modigliani ou d'un Matisse. Mais, parmi ces merveilles, combien y a-t-il de trophées de guerre ? Et les autres figurines, dans quelles conditions ont-elles été acquises ? Les termes de l'échange étaient-ils honnêtes ? Qui les a sculptées ? Derrière ces gisants, ces pendentifs, ces effigies d'ancêtres, ces chaises à cariatides, il y avait bien quelqu'un, un auteur, un maître, un artiste. Comment s'appelait-il ? Quels critères présidaient à ses choix ? À quelle émotion, à quelle clarté, à quelle part secrète de son être obéissait-il ? Je ne le saurai pas. Les cartels n'indiquent que le nom de leurs donateurs.

Ces joyaux ont eu plusieurs vies qui mériteraient pourtant d'être racontées. Objets de culte, objets de conquête, objets de science et, enfin, objets d'art. Dans cette salle, on ne parle que de chefs-d'œuvre. Une création artistique est à la fois unique et universelle. Elle se suffit à elle-même et répugne à dévoiler ses origines. Elle échappe à l'histoire et même au temps, elle s'impose par le seul pouvoir de sa forme. « Comme l'argent, la beauté n'a pas d'odeur », disait le philosophe Walter Benjamin.

Avant de chercher leur salut dans l'esthétique, les musées d'ethnographie procédaient à un inventaire des civilisations selon le modèle de la zoologie ou de la botanique. En classant les peuples et leurs cultures, ils proposaient une vision ordonnée du monde. Avec ses retraits, ses ajouts, ses détours, l'Africa Museum offre un spectacle – comment dire ? – plus bordélique. Peut-être est-ce mieux ainsi. J'ai l'impression d'avoir traversé un champ de bataille. Tervuren est une place forte disputée par des armées de statues. Des soldats de plomb ou de paille s'observent depuis leurs tranchées respectives et, parfois, s'empoignent dans une mêlée confuse.

À l'extérieur, aussi, la guerre fait rage. Cet été-là, le phénomène est mondial. À Bristol, le bronze d'un négociant esclavagiste a été descellé par des manifestants et jeté dans le port. Devant le parlement de Westminster, à Londres, on tague Churchill qui claudique sur sa canne. À Sydney, c'est au capitaine Cook que l'on s'en prend. Un peu partout, en Belgique, les statues équestres de Léopold subissent les mêmes assauts. À Bruxelles, Storms, l'ex-coupeur de têtes promu général, voit son buste, planté au milieu d'un square, régulièrement recouvert de peinture. Les cibles ne manquent pas. Dans la capitale belge, tout comme à Paris, des dizaines de rues et de monuments rendent hommage à des figures de la colonisation.

Les profanateurs maculent souvent de rouge l'objet de leur colère afin de symboliser le sang qu'il a fait couler. Dans un étrange effet miroir, le liquide vermeil qu'ils déversent sur lui est semblable à celui qui irradie les dieux à clous. En dégradant, ils ressuscitent. Ils raniment d'anciennes idoles oubliées, fondues dans le mobilier urbain, qui étaient devenues à peine plus visibles que des panneaux de signalisation ou des abribus. Dans ce culte inversé, c'est leurs victimes qu'ils commémorent. Chacune des piques que l'on enfonce dans ces fétiches à moustache renvoie à des fantômes.

*

Comme le voleur de *L'Oreille cassée*, je préfère m'éclipser avant l'arrivée des premiers visiteurs. En me dirigeant vers la sortie, je m'engage dans une galerie à colonnes qui, à la manière d'un cloître, encadre la cour intérieure. Avant de descendre dans le souterrain, je m'arrête devant le mémorial dédié aux Belges qui ont péri au Congo durant la conquête. Sur ce long martyrologe que la nuit masquait, je cherche une dernière fois mon chevalier. Classés dans l'ordre de l'alphabet et suivis d'une initiale, 1 508 noms sont inscrits sur une patine de faux marbre. La fresque datant des années 1930 s'achève par des paroles d'Albert Ier, le roi qui succéda à Léopold II : « La Mort faucha sans pitié dans les rangs des premiers pionniers. Nous ne pourrions jamais assez rendre hommage à leur mémoire. » Un Boekhat A. apparaît à la fin de la troisième colonne, accolé à une frise festonnée. À défaut d'un buste coulé dans le bronze, l'ancien lieutenant d'artillerie a eu droit à sa citation.

Combien parmi les siens étaient venus se recueillir devant son tableau d'honneur ? Ils avaient dû défiler ici en silence, dès leur plus jeune âge, emmenés par un instituteur, quand la visite du musée était encore quasi obligatoire pour tous les écoliers du pays. Ils avaient cherché leur aïeul des yeux, au milieu de tous ces défunts auréolés de gloire, et lorsqu'ils l'avaient enfin trouvé, en bas de la liste, ils l'avaient imaginé dans son costume de toile et son casque sur la tête, évoluant parmi les dioramas qu'ils venaient de contempler, cerné par des bêtes fauves aux crocs étincelants. À cet instant trouble, alors qu'ils devaient osciller entre la fierté et l'appréhension, tout en affectant, face à leur maître et aux autres élèves, un air compassé, voire une tristesse de circonstance, ils s'étaient peut-être demandé s'ils allaient à leur tour partir là-bas, au fin fond du système vert, conformément à un rôle qui leur aurait été assigné depuis leur naissance par on ne sait qui.

Un soleil mouillé entre dans le couloir. En frappant les fenêtres, le rayon de lumière projette des lettres majuscules sur le mur. Sambo,

Zao, Ekia, Pemba, Kitoukwa, Mibange, Mpeia. Les sept Congolais du zoo de Tervuren font soudain irruption dans cette salle d'un seul souvenir. Durant un court moment, leurs noms gravés sur la baie vitrée recouvrent par un jeu d'ombres chinoises ceux des pionniers de Léopold. Encore une œuvre en forme de réparation, conçue cette fois par l'artiste Freddy Tsimba. Sous l'effet de ses lueurs dansantes, tout se brouille. Les deux pans d'une même histoire, pareils à des cadavres jetés les uns sur les autres, s'entremêlent, puis les nuages reviennent et, comme par magie, l'image en surimpression disparaît.

Remerciements

Merci d'abord à Marie-Pascale Le Grelle et Mathilde Leduc de m'avoir guidé dans les arcanes de l'Africa Museum et permis de camper devant son mystérieux éléphant.

Je tiens à manifester ma gratitude à Lancelot Arzel, Julien Bondaz, Walter Bruyère-Ostells, Thierry Claeys Bouuaert, Guy Duplat et Boris Wastiau qui m'ont aidé à mieux comprendre l'histoire du Congo belge et de son musée.

Ce livre s'est nourri de nombreuses lectures, notamment : « Tristes trophées. Objets et restes humains dans les conquêtes coloniales au XIXe et début XXe siècle » de Lancelot Arzel et Daniel Foliard, in *Monde(s)*, Presses universitaires de Rennes, 2020 ; *The King Incorporated* de Neal Ascherson, George Allen & Unwin, 1963 ; *Des clous dans la Joconde* de Jean Bazin, Anacharsis, 2008 ; *Le Goût des autres* de Benoît de L'Estoile, Flammarion, « Champs », 2007 ; *Le Sang noir* de Bertrand Hell, Flammarion, « Champs », 1997 ; *Les Fantômes du roi Léopold* d'Adam Hochschild, trad. Marie-Claude Elsen et Frank Straschitz, Belfond, 1998 ; *Sortir de la grande nuit* d'Achille Mbembe, La Découverte, 2010 ; *Elephants* de Joyce Poole, Nathan, 1999 ; *Congo, une histoire* de David Van Reybrouck, trad. Isabelle Rosselin, Actes Sud, 2012 ; *Le Bataillon léopard* de Jean Schramme, Robert Laffont, 1969 ; *Mort ou vif. Chronique d'une taxidermie contemporaine,* de Jack Thiney, Éditions de la Martinière 2014 ; *Le Partage de l'Afrique* d'Henri Wesseling, trad. Patrick Grilli, Denoël, 1996 ; *Quarante-six années de brousse* de Charles de Wouters de Bouchout, D.M.N., 1972.

Merci à Colette Braeckman pour ses précieux contacts.

Merci à Ariane Boltanski et Anna Seiderer d'avoir bien voulu relire ce manuscrit. Leurs conseils m'ont été précieux. Merci à Emma, ma première lectrice.

Merci enfin à Alina Gurdiel, Manuel Carcassonne et Mélie Chen de leur soutien et de leur confiance.

Pour Christian.

DU MÊME AUTEUR

Aux Éditions Stock

LA CACHE, 2015 (Folio n° 6230). Prix Femina.

LE GUETTEUR, 2018 (Folio n° 6736)

LES VIES DE JACOB, 2021 (Folio n° 7180)

KING KASAÏ, 2023 (Folio n° 7322)

Aux Éditions Grasset

MINERAIS DE SANG. Les esclaves du monde moderne, (photographies de Patrick Robert), 2012 (Folio Actuel n° 156)

CHIRAC D'ARABIE. Les mirages d'une politique française (avec Éric Aeschimann), 2006

LES SEPT VIES DE YASSER ARAFAT, (avec Jihan El- Tahri), 1997

Aux Éditions du Centre Pompidou

PERSONNES, 2019

COLLECTION FOLIO

Dernières parutions

6933. Nelly Alard — *La vie que tu t'étais imaginée*
6934. Sophie Chauveau — *La fabrique des pervers*
6935. Cecil Scott Forester — *L'heureux retour*
6936. Cecil Scott Forester — *Un vaisseau de ligne*
6937. Cecil Scott Forester — *Pavillon haut*
6938. Pam Jenoff — *La parade des enfants perdus*
6939. Maylis de Kerangal — *Ni fleurs ni couronnes* suivi de *Sous la cendre*
6940. Michèle Lesbre — *Rendez-vous à Parme*
6941. Akira Mizubayashi — *Âme brisée*
6942. Arto Paasilinna — *Adam & Eve*
6943. Leïla Slimani — *Le pays des autres*
6944. Zadie Smith — *Indices*
6945. Cesare Pavese — *La plage*
6946. Rabindranath Tagore — *À quatre voix*
6947. Jean de La Fontaine — *Les Amours de Psyché et de Cupidon* précédé d'*Adonis* et du *Songe de Vaux*
6948. Bartabas — *D'un cheval l'autre*
6949. Tonino Benacquista — *Toutes les histoires d'amour ont été racontées, sauf une*
6950. François Cavanna — *Crève, Ducon !*
6951. René Frégni — *Dernier arrêt avant l'automne*
6952. Violaine Huisman — *Rose désert*
6953. Alexandre Labruffe — *Chroniques d'une station-service*
6954. Franck Maubert — *Avec Bacon*
6955. Claire Messud — *Avant le bouleversement du monde*
6956. Olivier Rolin — *Extérieur monde*
6957. Karina Sainz Borgo — *La fille de l'Espagnole*
6958. Julie Wolkenstein — *Et toujours en été*

6959.	James Fenimore Cooper	*Le Corsaire Rouge*
6960.	Jean-Baptiste Andrea	*Cent millions d'années et un jour*
6961.	Nino Haratischwili	*La huitième vie*
6962.	Fabrice Humbert	*Le monde n'existe pas*
6963.	Karl Ove Knausgaard	*Fin de combat. Mon combat - Livre VI*
6964.	Rebecca Lighieri	*Il est des hommes qui se perdront toujours*
6965.	Ian McEwan	*Une machine comme moi*
6966.	Alexandre Postel	*Un automne de Flaubert*
6967.	Anne Serre	*Au cœur d'un été tout en or*
6968.	Sylvain Tesson	*La panthère des neiges*
6969.	Maurice Leblanc	*Arsène Lupin, gentleman-cambrioleur*
6970.	Nathacha Appanah	*Le ciel par-dessus le toit*
6971.	Pierre Assouline	*Tu seras un homme, mon fils*
6972.	Maylis Besserie	*Le tiers temps*
6973.	Marie Darrieussecq	*La mer à l'envers*
6974.	Marie Gauthier	*Court vêtue*
6975.	Iegor Gran	*Les services compétents*
6976.	Patrick Modiano	*Encre sympathique*
6977.	Christophe Ono-dit-Biot et Adel Abdessemed	*Nuit espagnole*
6978.	Regina Porter	*Ce que l'on sème*
6979.	Yasmina Reza	*Anne-Marie la beauté*
6980.	Anne Sinclair	*La rafle des notables*
6981.	Maurice Leblanc	*Arsène Lupin contre Herlock Sholmès*
6982.	George Orwell	*La Ferme des animaux*
6983.	Jean-Pierre Siméon	*Petit éloge de la poésie*
6984.	Amos Oz	*Ne dis pas la nuit*
6985.	Belinda Cannone	*Petit éloge de l'embrassement*
6986.	Christian Bobin	*Pierre,*
6987.	Claire Castillon	*Marche blanche*
6988.	Christelle Dabos	*La Passe-miroir, Livre IV. La tempête des échos*
6989.	Hans Fallada	*Le cauchemar*

6990. Pauline Guéna	*18.3. Une année à la PJ*
6991. Anna Hope	*Nos espérances*
6992. Elizabeth Jane Howard	*Étés anglais. La saga des Cazalet I*
6993. J.M.G. Le Clézio	*Alma*
6994. Irène Némirovsky	*L'ennemie*
6995. Marc Pautrel	*L'éternel printemps*
6996. Lucie Rico	*Le chant du poulet sous vide*
6997. Abdourahman A. Waberi	*Pourquoi tu danses quand tu marches ?*
6998. Sei Shônagon	*Choses qui rendent heureux* et autres notes de chevet
6999. Paul Valéry	*L'homme et la coquille* et autres textes
7000. Tracy Chevalier	*La brodeuse de Winchester*
7001. Collectif	*Contes du Chat noir*
7002. Edmond et Jules de Goncourt	*Journal*
7003. Collectif	*À nous la Terre !*
7004. Dave Eggers	*Le moine de Moka*
7005. Alain Finkielkraut	*À la première personne*
7007. C. E. Morgan	*Tous les vivants*
7008. Jean d'Ormesson	*Un hosanna sans fin*
7009. Amos Oz	*Connaître une femme*
7010. Olivia Rosenthal	*Éloge des bâtards*
7011. Collectif	*Écrire Marseille.* 15 grands auteurs célèbrent la cité phocéenne
7012. Fédor Dostoïevski	*Les Nuits blanches*
7013. Marguerite Abouet et Clément Oubrerie	*Aya de Yopougon 5*
7014. Marguerite Abouet et Clément Oubrerie	*Aya de Yopougon 6*
7015. Élisa Shua Dusapin	*Vladivostok Circus*
7016. David Foenkinos	*La famille Martin*
7017. Pierre Jourde	*Pays perdu*
7018. Patrick Lapeyre	*Paula ou personne*

7019.	Albane Linÿer	*J'ai des idées pour détruire ton ego*
7020.	Marie Nimier	*Le Palais des Orties*
7021.	Daniel Pennac	*La loi du rêveur*
7022.	Philip Pullman	*La Communauté des esprits. La trilogie de la Poussière II*
7023.	Robert Seethaler	*Le Champ*
7024.	Jón Kalman Stefánsson	*Lumière d'été, puis vient la nuit*
7025.	Gabrielle Filteau-Chiba	*Encabanée*
7026.	George Orwell	*Pourquoi j'écris* et autres textes politiques
7027.	Ivan Tourguéniev	*Le Journal d'un homme de trop*
7028.	Henry Céard	*Une belle journée*
7029.	Mohammed Aïssaoui	*Les funambules*
7030.	Julian Barnes	*L'homme en rouge*
7031.	Gaëlle Bélem	*Un monstre est là, derrière la porte*
7032.	Olivier Chantraine	*De beaux restes*
7033.	Elena Ferrante	*La vie mensongère des adultes*
7034.	Marie-Hélène Lafon	*Histoire du fils*
7035.	Marie-Hélène Lafon	*Mo*
7036.	Carole Martinez	*Les roses fauves*
7037.	Laurine Roux	*Le Sanctuaire*
7038.	Dai Sijie	*Les caves du Potala*
7039.	Adèle Van Reeth	*La vie ordinaire*
7040.	Antoine Wauters	*Nos mères*
7041.	Alain	*Connais-toi* et autres fragments
7042.	Françoise de Graffigny	*Lettres d'une Péruvienne*
7043.	Antoine de Saint-Exupéry	*Lettres à l'inconnue* suivi de *Choix de lettres dessinées*
7044.	Pauline Baer de Perignon	*La collection disparue*
7045.	Collectif	*Le Cantique des cantiques. L'Ecclésiaste*
7046.	Jessie Burton	*Les secrets de ma mère*

7047.	Stéphanie Coste	*Le passeur*
7048.	Carole Fives	*Térébenthine*
7049.	Luc-Michel Fouassier	*Les pantoufles*
7050.	Franz-Olivier Giesbert	*Dernier été*
7051.	Julia Kerninon	*Liv Maria*
7052.	Bruno Le Maire	*L'ange et la bête. Mémoires provisoires*
7053.	Philippe Sollers	*Légende*
7054.	Mamen Sánchez	*La gitane aux yeux bleus*
7055.	Jean-Marie Rouart	*La construction d'un coupable.* À paraître
7056.	Laurence Sterne	*Voyage sentimental en France et en Italie*
7057.	Nicolas de Condorcet	*Conseils à sa fille* et autres textes
7058.	Jack Kerouac	*La grande traversée de l'Ouest en bus* et autres textes beat
7059.	Albert Camus	*« Cher Monsieur Germain,... »* Lettres et extraits
7060.	Philippe Sollers	*Agent secret*
7061.	Jacky Durand	*Marguerite*
7062.	Gianfranco Calligarich	*Le dernier été en ville*
7063.	Iliana Holguín Teodorescu	*Aller avec la chance*
7064.	Tommaso Melilli	*L'écume des pâtes*
7065.	John Muir	*Un été dans la Sierra*
7066.	Patrice Jean	*La poursuite de l'idéal*
7067.	Laura Kasischke	*Un oiseau blanc dans le blizzard*
7068.	Scholastique Mukasonga	*Kibogo est monté au ciel*
7069.	Éric Reinhardt	*Comédies françaises*
7070.	Jean Rolin	*Le pont de Bezons*
7071.	Jean-Christophe Rufin	*Le flambeur de la Caspienne. Les énigmes d'Aurel le Consul*
7072.	Agathe Saint-Maur	*De sel et de fumée*
7073.	Leïla Slimani	*Le parfum des fleurs la nuit*

7074.	Bénédicte Belpois	*Saint Jacques*
7075.	Jean-Philippe Blondel	*Un si petit monde*
7076.	Caterina Bonvicini	*Les femmes de*
7077.	Olivier Bourdeaut	*Florida*
7078.	Anna Burns	*Milkman*
7079.	Fabrice Caro	*Broadway*
7080.	Cecil Scott Forester	*Le seigneur de la mer. Capitaine Hornblower*
7081.	Cecil Scott Forester	*Lord Hornblower. Capitaine Hornblower*
7082.	Camille Laurens	*Fille*
7083.	Étienne de Montety	*La grande épreuve*
7084.	Thomas Snégaroff	*Putzi. Le pianiste d'Hitler*
7085.	Gilbert Sinoué	*L'île du Couchant*
7086.	Federico García Lorca	*Aube d'été* et autres impressions et paysages
7087.	Franz Kafka	*Blumfeld, un célibataire plus très jeune* et autres textes
7088.	Georges Navel	*En faisant les foins* et autres travaux
7089.	Robert Louis Stevenson	*Voyage avec un âne dans les Cévennes*
7090.	H. G. Wells	*L'Homme invisible*
7091.	Simone de Beauvoir	*La longue marche*
7092.	Tahar Ben Jelloun	*Le miel et l'amertume*
7093.	Shane Haddad	*Toni tout court*
7094.	Jean Hatzfeld	*Là où tout se tait*
7095.	Nathalie Kuperman	*On était des poissons*
7096.	Hervé Le Tellier	*L'anomalie*
7097.	Pascal Quignard	*L'homme aux trois lettres*
7098.	Marie Sizun	*La maison de Bretagne*
7099.	Bruno de Stabenrath	*L'ami impossible. Une jeunesse avec Xavier Dupont de Ligonnès*
7100.	Pajtim Statovci	*La traversée*
7101.	Graham Swift	*Le grand jeu*
7102.	Charles Dickens	*L'Ami commun*
7103.	Pierric Bailly	*Le roman de Jim*

7104.	François Bégaudeau	*Un enlèvement*
7105.	Rachel Cusk	*Contour. Contour – Transit – Kudos*
7106.	Éric Fottorino	*Marina A*
7107.	Roy Jacobsen	*Les yeux du Rigel*
7108.	Maria Pourchet	*Avancer*
7109.	Sylvain Prudhomme	*Les orages*
7110.	Ruta Sepetys	*Hôtel Castellana*
7111.	Delphine de Vigan	*Les enfants sont rois*
7112.	Ocean Vuong	*Un bref instant de splendeur*
7113.	Huysmans	*À Rebours*
7114.	Abigail Assor	*Aussi riche que le roi*
7115.	Aurélien Bellanger	*Téléréalité*
7116.	Emmanuel Carrère	*Yoga*
7117.	Thierry Laget	*Proust, prix Goncourt. Une émeute littéraire*
7118.	Marie NDiaye	*La vengeance m'appartient*
7119.	Pierre Nora	*Jeunesse*
7120.	Julie Otsuka	*Certaines n'avaient jamais vu la mer*
7121.	Yasmina Reza	*Serge*
7122.	Zadie Smith	*Grand Union*
7123.	Chantal Thomas	*De sable et de neige*
7124.	Pef	*Petit éloge de l'aéroplane*
7125.	Grégoire Polet	*Petit éloge de la Belgique*
7126.	Collectif	*Proust-Monde. Quand les écrivains étrangers lisent Proust*
7127.	Victor Hugo	*Carnets d'amour à Juliette Drouet*
7128.	Blaise Cendrars	*Trop c'est trop*
7129.	Jonathan Coe	*Mr Wilder et moi*
7130.	Jean-Paul Didierlaurent	*Malamute*
7131.	Shilpi Somaya Gowda	*« La famille »*
7132.	Elizabeth Jane Howard	*À rude épreuve. La saga des Cazalet II*
7133.	Hédi Kaddour	*La nuit des orateurs*
7134.	Jean-Marie Laclavetine	*La vie des morts*

7135.	Camille Laurens	*La trilogie des mots*
7136.	J.M.G. Le Clézio	*Le flot de la poésie continuera de couler*
7137.	Ryoko Sekiguchi	*961 heures à Beyrouth (et 321 plats qui les accompagnent)*
7138.	Patti Smith	*L'année du singe*
7139.	George R. Stewart	*La Terre demeure*
7140.	Mario Vargas Llosa	*L'appel de la tribu*
7141.	Louis Guilloux	*O.K., Joe !*
7142.	Virginia Woolf	*Flush*
7143.	Sénèque	*Tragédies complètes*
7144.	François Garde	*Roi par effraction*
7145.	Dominique Bona	*Divine Jacqueline*
7146.	Collectif	*SOS Méditerranée*
7147.	Régis Debray	*D'un siècle l'autre*
7148.	Erri De Luca	*Impossible*
7149.	Philippe Labro	*J'irais nager dans plus de rivières*
7150.	Mathieu Lindon	*Hervelino*
7151.	Amos Oz	*Les terres du chacal*
7152.	Philip Roth	*Les faits. Autobiographie d'un romancier*
7153.	Roberto Saviano	*Le contraire de la mort*
7154.	Kerwin Spire	*Monsieur Romain Gary. Consul général de France*
7155.	Graham Swift	*La dernière tournée*
7156.	Ferdinand von Schirach	*Sanction*
7157.	Sempé	*Garder le cap*
7158.	Rabindranath Tagore	*Par les nuées de Shrâvana* et autres poèmes
7159.	Urabe Kenkô et Kamo no Chômei	*Cahiers de l'ermitage*
7160.	David Foenkinos	*Numéro deux*
7161.	Geneviève Damas	*Bluebird*
7162.	Josephine Hart	*Dangereuse*
7163.	Lilia Hassaine	*Soleil amer*
7164.	Hervé Le Tellier	*Moi et François Mitterrand*
7165.	Ludmila Oulitskaïa	*Ce n'était que la peste*
7166.	Daniel Pennac	*Le cas Malaussène I Ils m'ont menti*

7167.	Giuseppe Santoliquido	*L'été sans retour*
7168.	Isabelle Sorente	*La femme et l'oiseau*
7169.	Jón Kalman Stefánsson	*Ton absence n'est que ténèbres*
7170.	Delphine de Vigan	*Jours sans faim*
7171.	Ralph Waldo Emerson	*La Nature*
7172.	Henry David Thoreau	*Sept jours sur le fleuve*
7173.	Honoré de Balzac	*Pierrette*
7174.	Karen Blixen	*Ehrengarde*
7175.	Paul Éluard	*L'amour la poésie*
7176.	Franz Kafka	*Lettre au père*
7177.	Jules Verne	*Le Rayon vert*
7178.	George Eliot	*Silas Marner. Le tisserand de Raveloe*
7179.	Gerbrand Bakker	*Parce que les fleurs sont blanches*
7180.	Christophe Boltanski	*Les vies de Jacob*
7181.	Benoît Duteurtre	*Ma vie extraordinaire*
7182.	Akwaeke Emezi	*Eau douce*
7183.	Kazuo Ishiguro	*Klara et le Soleil*
7184.	Nadeije Laneyrie-Dagen	*L'étoile brisée*
7185.	Karine Tuil	*La décision*
7186.	Bernhard Schlink	*Couleurs de l'adieu*
7187.	Gabrielle Filteau-Chiba	*Sauvagines*
7188.	Antoine Wauters	*Mahmoud ou la montée des eaux*
7189.	Guillaume Aubin	*L'arbre de colère*
7190.	Isabelle Aupy	*L'homme qui n'aimait plus les chats*
7191.	Jean-Baptiste Del Amo	*Le fils de l'homme*
7192.	Astrid Eliard	*Les bourgeoises*
7193.	Camille Goudeau	*Les chats éraflés*
7194.	Alexis Jenni	*La beauté dure toujours*
7195.	Edgar Morin	*Réveillons-nous !*
7196.	Marie Richeux	*Sages femmes*
7197.	Kawai Strong Washburn	*Au temps des requins et des sauveurs*
7198.	Christèle Wurmser	*Même les anges*
7199.	Alix de Saint-André	*57 rue de Babylone, Paris 7e*
7200.	Nathacha Appanah	*Rien ne t'appartient*

Tous les papiers utilisés pour les ouvrages des collections Folio sont certifiés et proviennent de forêts gérées durablement.

Composition : Nord Compo
Impression Novoprint
à Barcelone, le 03 janvier 2024
Dépôt légal : janvier 2024

ISBN 978-2-07-302131-1 / Imprimé en Espagne

593149